AKOLYT

GEBUNDEN DURCH BLUT 2

AUCH VON RICHARD FIERCE

DRACHENREITER VON OSNEN

Probe durch Zauberei
Ein Bindung des Feuers
Aufruf der Krieger
Die Münze der Seelen
Flügel des Terrors
Augen aus Stein
Zahn und Klaue
Der Diener der Seelen
Rauchschleier
Der Schurkenreiter
Das Lied der Knochen
Klinge und Thron
Gezeiten der Dunkelheit
Zorn und Untergang
Grab der Eide

AKOLYT

GEBUNDEN DURCH BLUT 2

RICHARD FIERCE

IMPRESSUM

Titel: Akolyt
Autor: Richard Fierce
Übersetzung: ScribeShadow
Umschlaggestaltung: Richard Fierce
Satz: Richard Fierce
Verlag: Dragonfire Press
DieOriginalausgabe erschien 2024 unter dem Chosen
©2024 Richard Fierce
AlleRechte vorbehalten.
Autor: Richard, Fierce
73 Braswell Rd, Rockmart, GA 30153 USA,
Richard.Fierce@yahoo.com
ISBN: 979-8-89631-107-2

Dieses Buch wurde mithilfe einer Software übersetzt. Wenn Sie Fehler finden, kontaktieren Sie mich bitte und informieren Sie mich darüber.

Dragonfire Press

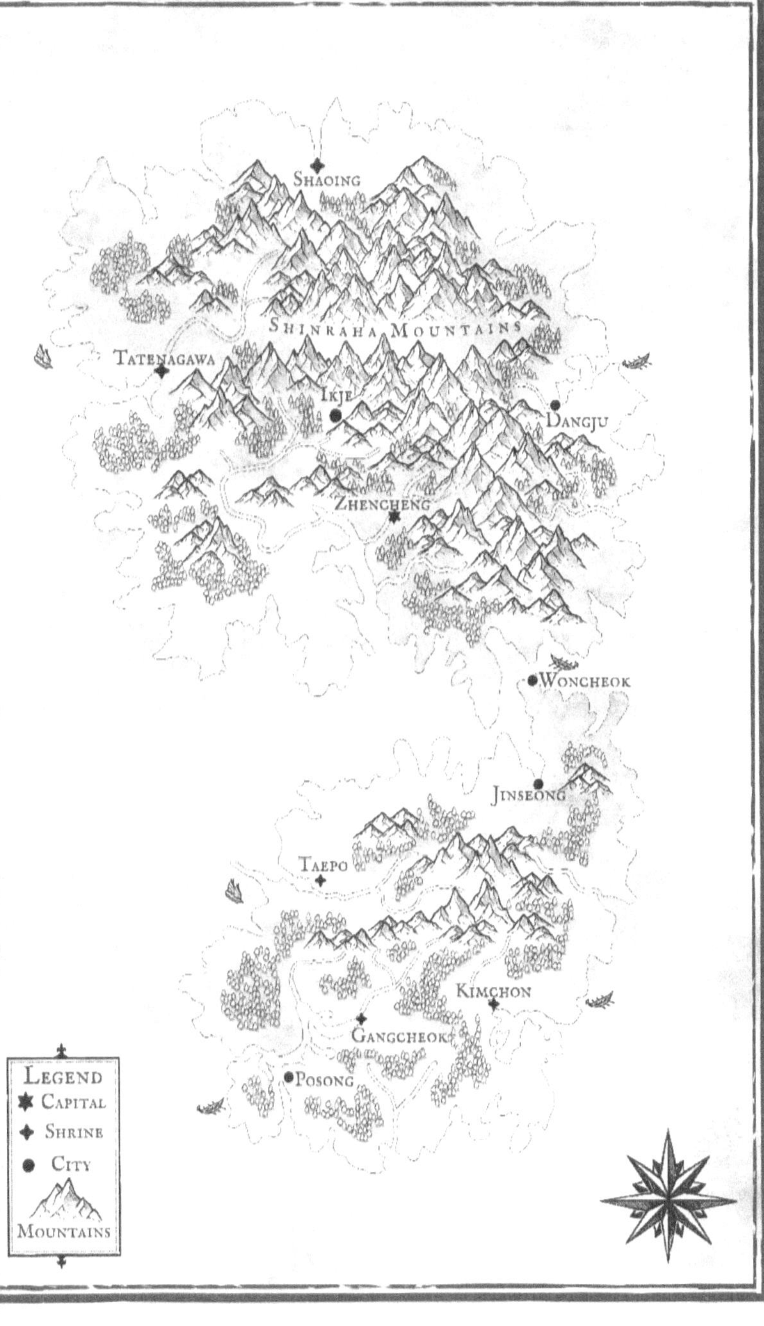

Shaoing
Shinraha Mountains
Tatenagawa
Ikje
Dangju
Zhencheng
Woncheok
Jinseong
Taepo
Kimchon
Gangcheok
Posong
Legend
Capital
Shrine
City
Mountains

1

Kai wandelte im Schatten der großen Statuen, die den Tempelhof umsäumten – Drachen mit eingefalteten Flügeln und Reiter, deren Blicke auf den Horizont gerichtet waren und Dinge sahen, die längst in der Zeit verloren gegangen waren. Eine Windböe wirbelte den Staub auf den Kopfsteinpflastern auf und trug den schwachen Geruch von Rauch mit sich.

Voraus wartete Liu auf sie. Seine Haltung war entspannt, aber wachsam, und sein Schwert hing locker in seiner Hand, die Klinge glitzerte im frühen Morgenlicht der Sonne. Kai konnte die Ruhe in seinen Augen sehen, die Geduld eines Kriegers, der unzählige Schlachten erlebt hatte. Sie zog ihre Klinge, und das Metall sang, als es aus der Scheide fuhr, der Klang scharf und klar in der Stille.

»Bereit?«, fragte Liu. Sein Ton war sanft, aber es lag ein Hauch von etwas mehr darin, eine Schärfe, die ihr verriet, dass dies keine leichte Übungseinheit werden würde. Kai nickte und spiegelte seine Haltung.

Er bewegte sich zuerst, eine schnelle, fließende Bewegung, die sein Schwert mit Präzision in ihre Richtung schwingen ließ. Kai begegnete dem Schlag mit ihrer eigenen Klinge, das Klirren von Metall hallte durch den Hof. Der Aufprall vibrierte durch Kais Arm, aber sie blieb standhaft und drückte gegen Lius Kraft.

Sie bewegten sich in einem Tanz aus Stahl, jeder Schlag und jede Parade eine Demonstration von Können. Liu war schneller, erfahrener, aber Kai hatte ihre eigenen Stärken. Sie lernte, seine Bewegungen vorauszuahnen, die subtilen Veränderungen in seiner Haltung zu lesen, die seinen nächsten Angriff ankündigten.

»Sehr gut«, sagte Liu. »Reagiere nicht nur. Denke voraus. Woher wird mein nächster Schlag kommen?«

Kai verstärkte ihren Griff um den Schwertgriff. Sie sah das Flackern in Lius Augen, die leichte Verlagerung seines Gewichts, und sie bewegte sich, hob ihr Schwert, um seinen nächsten Schlag zu blocken. Ihre Klingen verhakten sich, und für einen Moment standen sie sich Angesicht zu Angesicht gegenüber.

»Besser, aber du konzentrierst dich immer noch auf die Verteidigung. Ergreife die Initiative.« Liu drängte sie mit einem kräftigen Stoß zurück.

Kai holte tief Luft und zwang ihren Zorn hinunter. Sie veränderte ihre Position, ihre Augen suchten nach einer Öffnung. Liu hatte recht. Sie war zu reaktiv, zu vorsichtig. Sie musste die Kontrolle übernehmen, das Tempo des Kampfes bestimmen. Sie täuschte einen Schlag auf Lius linke Seite vor, er bewegte sich, um sie zu blocken, aber sie verlagerte ihr Gewicht und führte ihre Klinge in einem ausholenden Bogen zu seiner Rechten. Lius Augen weiteten sich leicht vor Überraschung, aber er erholte sich schnell und parierte den Schlag.

»Du lernst gut«, sagte er anerkennend.

Kai ließ sich von dem Kompliment nicht ablenken. Sie setzte den Angriff fort, ihre Schläge kamen schneller, aggressiver. Lius Klinge begegnete jedem einzelnen, aber Kai konnte sehen, dass sie ihn jetzt in Bedrängnis brachte, ihn zwang, sich anzupassen.

Sie bewegten sich über den Hof, ihre Schwerter blitzten, das Klirren von Metall hallte vom Tempel wider. Kai konnte die Anspannung in ihren Muskeln spüren, das Brennen der Anstrengung, aber sie kämpfte sich hindurch, getrieben von dem Wunsch, sich zu beweisen.

Lius Gesichtsausdruck blieb unlesbar, aber da war etwas in seinen Augen – Stolz vielleicht, oder Respekt. Es war schwer zu sagen, aber es gab ihr die Kraft weiterzumachen, sich noch härter anzustrengen.

Schließlich trat Liu zurück und senkte seine Klinge. Kai zögerte, ihre Brust hob und senkte sich vor Anstrengung, aber sie senkte ihre Klinge ebenfalls, da sie spürte, dass der Übungskampf zu Ende war.

»Du wirst besser«, sagte Liu. »Aber denk daran, Drakka sind furchteinflößende Feinde, und Stärke allein wird dir keine Schlachten gewinnen. Sie werden dich jedes Mal übertreffen. Du musst deinen Gegner überlisten und austricksen. Vor allem, vertraue deinen Instinkten.«

Kai nickte und wischte sich mit dem Handrücken ihrer rechten Hand den Schweiß von der Stirn. Sie wusste, dass er recht hatte. Es gab noch so viel zu lernen, aber jede Übungseinheit mit ihm brachte sie dem Meistern der Fähigkeiten näher, die sie brauchte, um eine Geschworene zu sein. Mit Liu, der ihr das Kämpfen beibrachte, und Kokoro, die sie bei der Stärkung ihrer Bindung anleitete, wusste sie, dass sie bereit sein würde, wenn die Zeit kam.

Als sie einen Wechsel in der Luft spürte, drehte sich Kai um und sah Kokoro. Sie ging mit gemessenen Schritten und gesellte sich zu ihnen. Liu neigte respektvoll den Kopf und trat zurück. Obwohl Kokoro die Gestalt eines Menschen angenommen hatte, konnte Kai nicht leugnen, dass ihre Präsenz unbestreitbar drakonisch war und die Macht, die sie ausstrahlte, spürbar war.

»Ich sehe deine Fortschritte mit jedem Tag«, sagte sie und nickte auf Kais Schwert.

»Das ist leicht zu handhaben«, erwiderte Kai. »Die Bindung weniger.«

»Die Bindung ist wie ein Muskel. Je mehr du sie trainierst, desto stärker wird sie. Hast du ihre Stimme schon gehört?«

»Nein, aber ich habe etwas gespürt. Emotionen, die nicht meine sind, aber sie sind flüchtig. Ich konnte ihre Gedanken nicht wirklich hören.«

»Das ist der Anfang«, sagte Kokoro in beruhigendem Ton. »Die Bindung ist noch frisch, aber du bist bereits weiter fortgeschritten, als ich erwartet hatte. Es wird nicht mehr lange dauern, bis sie zu dir spricht. Geh dich waschen und triff mich hier, wenn du fertig bist.«

Kai steckte ihre Klinge in die Scheide, neigte den Kopf und betrat dann den Tempel und ging zur Badekammer. Das warme Wasser reinigte ihren Körper, aber ihr Geist war von Gedanken an ihren Drachen erfüllt. Wenn Kokoro recht hatte, würde sie die Stimme ihres Drachen jeden Tag hören können. Dennoch blieben Zweifel. Nach einem ganzen Leben, in dem sie den Drachen, der sie ursprünglich auserwählt hatte, nicht gehört hatte, war es schwer zu glauben, dass ihre Erfahrung jetzt anders sein würde.

Sie kam erfrischt aus dem Bad. Nachdem sie sich getrocknet und angekleidet hatte, kehrte sie zum Hof zurück, wo Kokoro wartete. Kais Drache war auch da, und ihre goldenen Schuppen schimmerten im Sonnenlicht. Mit jedem Atemzug entwichen Dampfwolken aus ihren Nasenlöchern, die sich kräuselten und in der Morgenluft verflüchtigten.

»Heute werden wir etwas anderes versuchen«, sagte Kokoro. »Schließ deine Augen.«

Kai gehorchte und fuhr mit den Fingern über den Stoff ihrer Hose, suchte nach einer

Naht, unter die sie ihre Fingernägel schieben konnte.

»Hör damit auf«, sagte Kokoro. »Beruhige deinen Geist und konzentriere dich auf deine Verbindung zu deinem Drachen. Erzwinge es nicht. Lass es natürlich zu dir kommen.«

Kai holte tief Luft und schob alle ihre Gedanken beiseite. Sie stellte sich ihre Bindung als einen Lichtfaden vor, golden wie die Schuppen ihres Drachen. Er pulsierte vor Leben und Energie. Für einen langen Moment herrschte nichts als Stille.

Dann spürte sie es – ein sanftes Stupsen am Rande ihres Bewusstseins, wie ein Flüstern, das vom Wind getragen wurde. Es war schwach, fast unmerklich, aber es war da. Kais Herz beschleunigte sich, als ihr Drache zwitscherte, aber sie zwang sich, ruhig zu bleiben.

Da war keine Stimme, aber es war eine Präsenz. Ein Gefühl überkam sie, mächtiger als jede gesprochene Sprache. Kais Atem stockte in ihrer Kehle. Sie hatte den Geist ihres Drachen noch nie so deutlich gespürt. Es war, als ob eine Tür zwischen ihnen geöffnet worden wäre, die es ihnen ermöglichte, an einen Ort zu treten, an dem ihre Gedanken sich treffen konnten.

Kai streckte zögernd die Hand aus. Die Antwort kam fast sofort, eine Welle der Wärme, die sie mit einem Gefühl des Friedens erfüllte. Sie spürte das wahre Wesen ihres Drachen; edel, wild, stark. Ein Strom roher Emotionen durchflutete ihren Geist – Stolz, Liebe, Entschlossenheit – alles verstärkt durch die Bindung. Es war überwältigend, aber es war auch wunderschön. Ein unausgesprochenes Wort kam zu ihr, und sie öffnete langsam die Augen, um zu sehen, wie Kokoro sie aufmerksam beobachtete.

»Mein Drache heißt Hikari.«

2

Hikari.

Es bedeutete Licht, was Kai passend fand, wenn man bedachte, wie ihre Schuppen zu leuchten schienen.

»Ein wunderschöner Name«, sagte Kokoro mit einem Blick auf den Drachen. »Eure Verbindung wird stärker, aber sie ist noch zerbrechlich. Um sie zu etwas Unzerbrechlichem zu schmieden, müsst ihr Prüfungen bestehen, die euch beide herausfordern, sowohl körperlich als auch geistig.«

»Was für Herausforderungen?«

Kokoros Augen wanderten für einen Moment zum Himmel, bevor sie wieder auf Kai ruhten. »Die Lüfte sind die Domäne der Drachen. Um Hikari wirklich zu verstehen, um eurer Verbindung zu vertrauen, müsst ihr gemeinsam in die Luft steigen. Ihr müsst lernen, wie eine Einheit zu fliegen.«

Diese Worte jagten einen Schauer der Angst durch Kais Brust. Fliegen, etwas, das sie vom Boden aus immer bewundert hatte, war beängstigend. Sie war auf dem Rücken von Sirans Drachen zum Tempel geflogen, aber das war ein Drache mit jahrelanger Erfahrung am Himmel. Hikari war praktisch ein frisch geschlüpftes Junges.

»Ich spüre Ihre Angst«, sagte Kokoro. »Das ist eine natürliche Reaktion für Menschen, aber es ist eine, die Sie meistern müssen.«

»Was, wenn ich nicht kann... was, wenn ich falle?«

»Sie sind nicht allein dabei. Hikari wird bei Ihnen sein. Sie werden ihr vertrauen müssen, genauso wie sie Ihnen vertrauen muss.«

Kai spürte, wie eine beruhigende Präsenz ihren Geist umhüllte. Hikaris Selbstvertrauen floss in sie ein und drängte die Angst beiseite. Kai nickte und holte tief Luft.

»Ich werde Sie durch dies hindurchführen«, sagte Kokoro.

Hikari senkte ihren massigen Körper zu Boden, um Kai das Aufsteigen zu ermöglichen. Mit zitternden Händen näherte sich Kai und ließ ihre Finger über die glatten Schuppen des Drachen gleiten. Sie konnte die Kraft des Drachen unter ihrer Berührung spüren, eine lebende, atmende Naturgewalt, mit der sie nun verbunden war. Kai zog sich auf Hikaris Rücken und ließ sich an der Basis ihres Halses nieder, direkt vor ihren Schultern.

Die Angst war noch da, wurde aber von Hikaris Selbstvertrauen überschattet. Der Drache breitete seine Flügel weit aus, ihre Spannweite warf Schatten auf das Kopfsteinpflaster. Mit einem kräftigen Schlag hob sie vom Boden ab, und Kai sah, wie die Erde unter ihr zurückwich. Für einen kurzen Moment ließ Panik ihren Magen verkrampfen, aber sie wurde schnell von der Begeisterung überwältigt, die durch sie strömte, als sie höher in den Himmel aufstiegen.

Der Wind peitschte, zerrte an ihrer Kleidung und ihren Haaren, aber sie bemerkte es kaum. Ihr ganzes Wesen konzentrierte sich auf das Gefühl des Fluges – den Rhythmus von Hikaris Flügeln, das Auf und Ab ihrer Bewegungen, die Art, wie die Welt unter ihnen kleiner und kleiner wurde, bis sie nur noch ein Flickenteppich aus Grün und Braun war.

Kais Herz raste, aber nicht vor Angst. Der Himmel erstreckte sich vor ihnen, eine offene Weite voller Möglichkeiten, und zum ersten Mal verspürte sie ein Gefühl der Freiheit, das sie noch nie zuvor erlebt hatte. Sie konnte nicht anders, als zu lachen. Sie konzentrierte ihre Gedanken auf die Verbindung und schickte Worte hindurch.

Das ist unglaublich. Ich hätte nie gedacht, dass ich mich so fühlen könnte.

Die Verbindung summte in Harmonie, und Kai wusste, dass Hikari ihre Gefühle teilte.

Die Welt um sie herum verschwamm, als sie in die Wolken eindrangen, doch dann teilten sich diese und gaben den Blick auf das weite Blau darüber frei. Tränen stiegen in Kais Augen, sowohl vom Stechen der Kälte als auch von den reinen, ungefilterten Emotionen, die sie empfand. Das bedeutete es, mit einem Drachen verbunden zu sein, nicht nur Gedanken und Gefühle zu teilen, sondern Erfahrungen, gemeinsam dem Unbekannten zu begegnen.

Eine unbekannte Stimme berührte Kais Geist, aber sie erkannte bald, dass es Kokoro war.

Es ist leicht, bei klarem Himmel zu fliegen, aber ihr müsst auf das Schlimmste vorbereitet sein. Schaut nach Südosten, in Richtung der Berge.

Kai drehte den Kopf, und ihre Augen weiteten sich. Dunkle Wolken wirbelten bedrohlich, und Blitze zuckten darin, warfen kurze, zackige Lichtblitze über die Berggipfel.

Ich sehe einen Sturm, sagte Kai.

Die Verbindung wird durch Widrigkeiten gehärtet. Fliegt durch den Sturm.

Der Gedanke, in solch gefährliche Bedingungen zu fliegen, brachte ihre vergessene Angst wieder an die Oberfläche.

Aber wir sind gerade erst zum ersten Mal zusammen geflogen. Was, wenn...

Was, wenn Sie Erfolg haben? Was, wenn Sie lernen, Ihrer Verbindung zu vertrauen, selbst wenn die Welt um Sie herum im Chaos versinkt? Es geht nicht darum, das Fliegen bei ruhigem Himmel zu beherrschen. Es geht darum, einander vertrauen zu lernen.

Kai schluckte schwer, ihr Hals war trocken. Sie wusste, dass sie die Verbindung stärken musste, aber in einen Sturm zu fliegen schien ein gefährlicher Weg, dies zu tun. Hikaris Präsenz erfüllte erneut ihren Geist und beruhigte sie.

Du hast recht, sagte sie zu Hikari. *Wir schaffen das.*

Hikari kreiste herum und steuerte direkt auf den Sturm zu. Die Luft wurde kühler, als sie sich den dunklen Wolken näherten, und die ersten Windböen trafen sie wie eine Wand. Hikaris Flügel kämpften gegen die Turbulenzen an, und Kai konnte die Anspannung in den Muskeln des Drachen spüren. Sie stieß ein mächtiges Brüllen aus und kämpfte darum, auf Kurs zu bleiben, während der Wind drohte, sie seitwärts zu werfen.

Der Geruch von Regen und Ozon stach in Kais Nasenlöchern. Blitze zuckten um sie herum, gefolgt vom ohrenbetäubenden Krachen des Donners. Kai verstärkte ihren Griff um Hikaris Hals, aber er war zu dick, als dass ihre Arme ihn vollständig umschließen konnten. Sie schloss die Augen und griff durch die Verbindung mit ihrem Geist, versuchte zu fühlen, was Hikari fühlte – die Strömungen des Windes, die Veränderung des Luftdrucks, die instinktiven Anpassungen, die der Drache vornahm, um in der Luft zu bleiben. Langsam begann sie, sich mit Hikaris Rhythmus zu synchronisieren und ließ die Instinkte des Drachen sie durch den Sturm führen.

Sie wichen mehreren Blitzeinschlägen aus, als Hikari scharf abdrehte, um die gefährlichen Strömungen zu vermeiden, die sie außer Kontrolle geraten lassen könnten. Kai hatte immer noch Angst, aber die Emotion wurde durch ihr wachsendes Vertrauen in Hikari gedämpft. Sie konnte das Selbstvertrauen des Drachen spüren, seine Stärke, und es stärkte ihre eigene. Mutig geworden, öffnete sie die Augen.

Plötzlich erfasste sie eine kräftige Windböe von unten und hob sie höher, als Kai erwartet hatte. Für einen schrecklichen Moment fühlte sie sich schwerelos, das Gefühl, nach oben zu fallen, sandte einen Schub Panik durch sie. Bevor sie vollständig begreifen konnte, was geschah, klappte Hikari ihre Flügel ein und stürzte nach unten, durchschnitt den Wind wie eine Klinge. Die Geschwindigkeit war atemberaubend, die Luft rauschte mit einem Brüllen an ihnen vorbei. Kais Herz hämmerte in ihrer Brust, aber sie hielt durch und vertraute vollkommen auf Hikaris Urteilsvermögen.

Der Sturzflug brachte sie aus dem Schlimmsten des Sturms heraus und in eine Tasche ruhigerer Luft. Hikari spreizte ihre Flügel und verlangsamte ihren Abstieg, genau als ein weiterer Blitz über den Himmel zuckte und sie nur knapp verfehlte. Kai keuchte, vorübergehend durch den Lichtblitz geblendet.

Nach einer gefühlten Ewigkeit begann der Sturm nachzulassen. Die Wolken wurden dünner, und der Regen ließ nach, enthüllte Flecken klaren Himmels. Hikaris Flügelschläge wurden gleichmäßiger, die Turbulenzen ließen nach, als sie das Schlimmste des Sturms hinter sich ließen. Kai konnte kaum glauben, dass sie überlebt hatten.

Wir haben es geschafft, sagte sie durch die Verbindung und verspürte ein tiefes Gefühl der Erfüllung. Hikari antwortete mit einem triumphierenden Brüllen. Als sie zurück zum Tempel flogen, lugte die Sonne hinter den Wolken hervor und warf ein goldenes Licht über die Berge. Die Erfahrung hatte etwas in Kai verändert. Sie konnte es spüren, einen greifbaren Unterschied in der Verbindung. Sie war stärker, ihre Verbindung intimer.

Als sie im Innenhof landeten, rutschte Kai von Hikaris Rücken, ihre Beine zitterten. Kokoro lächelte sie an.

»Sie haben sich dem Sturm gestellt und sind dadurch stärker geworden. Das ist das Wesen der Verbindung zwischen Reiter und Drache. Es ist nicht ohne Angst, aber durch das gemeinsame Stellen dieser Angst finden Sie wahre Stärke.«

Kai senkte den Kopf. »Ich verstehe jetzt. Es ging nicht nur ums Fliegen, sondern darum, Hikari zu vertrauen, selbst wenn es unmöglich schien. Verzeihen Sie mir, dass ich Sie in Frage gestellt habe.«

Kokoro legte eine Hand auf Kais Schulter, ihre Berührung war warm. »Es gibt keinen Grund, sich zu entschuldigen. Sie lernen, und um zu lernen, muss man Fragen stellen.«

Hikari stupste Kai an, und eine Welle der Zuneigung floss zwischen ihnen.

»Essen Sie etwas und nehmen Sie sich einen Moment, um sich zu erholen. Ihre nächste Prüfung wartet.«

3

»Du musst ein Artefakt aus uralten Zeiten finden. Es ist mit Magie durchtränkt, die längst aus dieser Welt verschwunden ist. Es ist bekannt als das Herz der Flamme, und es ruht im Herzen des Feuers selbst.«

Kokoros Worte hallten in Kais Gedanken wider, während sie auf Hikaris Rücken saß und die Landschaft unter ihr vorbeiziehen sah. Bäume und sich windende Flüsse wichen langsam rauem Gelände, als sie sich einem Berg näherten, dessen Gipfel in einen Schleier aus Rauch gehüllt war.

Ein Vulkan.

Hikari sank herab und landete am Fuße des Berges, wo die Erde Wärme ausstrahlte, ein Vorbote des Infernos, das sie im Inneren erwartete. Ein höhlenartiger Schlund öffnete sich zur Welt, ein Durchgang, der von mächtigen Kräften in die Bergflanke gehauen worden war, obwohl Kai nicht wusste, ob diese natürlich oder magisch waren.

Sie stieg ab und schaute sich um. Der Ort war so bedrohlich, dass sie bezweifelte, dass selbst die Drakka es wagten, hier zu wandeln. Die Öffnung war breit genug sogar für Hikaris Umfang, und Kai war dankbar, dass sie sich nicht allein den Gefahren der Höhle stellen musste.

»Bist du bereit?«, fragte sie und strich mit einer Hand über Hikaris Schuppen.

Als Antwort starrte der Drache sie mit wissendem Blick an und ging dann in die Dunkelheit. Kai warf einen letzten Blick zum Himmel und folgte Hikari. Die Luft in der Höhle war schwer und schwefelig, und Kais Lungen protestierten gegen die bedrückende Hitze, die sie umhüllte. Hikaris massive Silhouette war eine beruhigende Präsenz gegen die Finsternis.

Die Höhle schien mit dem Herzschlag der Erde zu pulsieren, ein rhythmisches Pochen, das ihrem eigenen rasenden Herzen entsprach. Jeder Schritt führte sie tiefer in die Eingeweide des Vulkans, und da Kai in der Dunkelheit blind war, musste sie sich auf Hikari verlassen, um sie zu führen. Sie hielt sich an der Spitze von Hikaris Schwanz fest und trat langsam und vorsichtig auf, um nicht auf einem unsichtbaren Felsen auszurutschen.

Schweißperlen bildeten sich auf ihrer Stirn, rannen ihre Schläfen hinab, und ihre Kleidung klebte an ihrer Haut. Die Hitze zehrte an ihrer Kraft und trübte ihren Fokus. Kai hielt an, um zu rasten, und lehnte sich gegen die Wand. Hikari hielt inne, und eine Welle von Kraft floss durch ihre Verbindung und belebte Kai wieder.

Sie sandte ihre Dankbarkeit an den Drachen. Es bedurfte keiner Worte; ihre Verbindung überstieg die Sprache. Sie stieß sich von der Wand ab, griff wieder nach Hikaris Schwanz, und die beiden setzten ihren Weg fort. Kai fragte sich, ob die Reiter von einst ähnlichen Herausforderungen gegenübergestanden hatten. Bilder blitzten in ihrem Geist auf, aber es waren keine wirklichen Erinnerungen. Die Szenen waren zusammenhanglos und verwirrend, aber Kai konnte erkennen, dass das, was Hikari ihr sendete, Echos der Vergangenheit waren, Momente, die in der Zeit verloren gegangen waren und ihre Frage beantworteten.

Ja, die Reiter von einst hatten sich Herausforderungen gestellt, aber viel schwereren als denen, vor denen sie jetzt stand. Es war schwer, darin Trost zu finden, wenn sie das Gefühl hatte, zu ersticken.

Ein Beben durchlief die Erde unter ihren Stiefeln, ein Murmeln aus der Tiefe, das ihr Herz rasen ließ. Irgendwie konnte sie die Warnung erkennen: Die Kammer, die sie suchten, könnte bald zu ihrem Grab werden. Mit der Dringlichkeit der Botschaft des Berges, die durch ihre Adern pulsierte, drängte Kai Hikari, ihr Tempo zu beschleunigen.

Die Höhle um sie herum erweiterte sich langsam, und der Pfad wand sich wie eine Schlange und endete abrupt an einem riesigen Becken aus geschmolzenem Gestein. Die Hitze war hier weitaus intensiver, und die Luft war so scharf, dass sie in Kais Nasenlöchern stach und ihre Augen tränen ließ. Sie blinzelte die Tränen weg und bemerkte eine Spur aus freigelegten Steinen, die aus dem Magma herausragten. Auf der anderen Seite des Beckens leuchtete ein Leuchtfeuer in den Schatten auf und offenbarte den Eingang zu einer Nebenkammer.

Kai hatte keinen Zweifel daran, dass das Leuchtfeuer die Reliquie war. Ihre Magie rief nach ihr, ein lockendes Sirenenlied, das sowohl Ruhm als auch Verderben versprach.

Hikari sprang in die Luft und breitete ihre Flügel aus, glitt über das Becken und landete auf der anderen Seite. Es war offensichtlich, dass der Drache erwartete, dass sie den Weg allein bewältigte.

Die unerbittliche Hitze testete die Grenzen ihrer Ausdauer, aber sie zwang sich weiterzumachen. Sie sprang auf den ersten Stein und wedelte wild mit den Armen, um das Gleichgewicht zu halten. Die anderen Steine waren enger beieinander, und sie bewegte sich geschickt über sie hinweg. Jede Bewegung war ein Tanz mit der Gefahr, aber sie überquerte das Magma ohne Zwischenfall. Als sie sicher auf der anderen Seite war, kamen ihre Atemzüge in scharfen Keuchen, die Luft versengte ihre Lungen, als ob sie mit dem geschmolzenen Gestein verschworen wäre, um ihre Entschlossenheit zu verbrennen.

Schweiß tropfte frei über ihr Gesicht und an Stellen, die sie sich nie vorgestellt hatte, aber sie hatte es geschafft, und die Kammer lag direkt vor ihr. Eine Aura der Hitze intensivierte sich mit jedem Schritt, bis sie anhalten und zurückweichen musste.

»Ich kann nicht«, zischte sie. »Es ist zu viel.«

Hikari sandte Bilder durch die Verbindung. Sie blitzten lebendig in Kais Geist auf, aber sie ergaben für sie keinen Sinn. Sie wollte nichts mehr, als sich hinzulegen und auszuruhen. Hikari knurrte und weitere Bilder kamen in ihren Geist.

»Ich verstehe nicht...«

Der Drache richtete seinen Blick direkt auf Kai, ihre Augen trafen sich. Ein weiteres Bild kam zu ihr, und Kai dämmerte es. Sie schloss die Augen und konzentrierte sich auf die Verbindung. Der einzelne goldene Faden bestand aus vielen kleineren Fäden, alle miteinander verwoben. Kai fand den, den Hikari ihr im Bild gezeigt hatte, und berührte ihn mit ihrem Geist.

Ein magischer Schild entstand spiralförmig um sie herum, ein Kokon aus den Fäden ihrer verflochtenen Geister. Die Barriere schimmerte leicht mit blauem Licht und wehrte die Hitze ab. Kai war immer noch verschwitzt, aber zumindest konnte sie jetzt atmen.

»Danke. Ich schulde dir mein Leben.«

Hikari schnaubte und schüttelte den Kopf. Kai lächelte, dann blickte sie zum Eingang der Kammer. Gemeinsam traten sie ein. In der Mitte des Raumes stand ein aus dem Fels gehauener Sockel, und darauf lag ein Objekt, das den gesamten Raum in einen karmesinroten Schimmer tauchte. Es war ein Edelstein von der Größe von Kais Faust, und das Pulsieren, das sie in der Luft spürte, kam von ihm.

Zögernd näherte sich Kai und streckte eine Hand nach der Reliquie aus. In dem Moment, als ihre Fingerspitzen seine funkelnde Oberfläche berührten, verschwand ihre Schutzbarriere, aber anstatt zu spüren, wie die Hitze zurückkehrte, änderte sich nichts.

Die Kammer begann zu zittern, und Risse bildeten sich spinnennetzartig über die Steinwände. Es war, als ob der Berg bei der Störung seines Schatzes grummelte. Staub und kleine Steine fielen von der Decke, und Kai spürte, dass die Erde sie warnte zu fliehen.

»Lauf!«

Sie drehte sich auf den Fersen um und rannte aus der Kammer, überquerte geschickt das Becken mit Magma. Sie erreichte die andere Seite und setzte ihren Weg durch den Tunnel fort, wobei der Edelstein ihr den Weg leuchtete. Hikari war direkt hinter ihr, die Schritte des Drachen hallten wie Donnerschläge in der hohlen Höhle wider.

Der Pfad wurde tückisch, als geschmolzenes Gestein aus Spalten sickerte, die sich öffneten, eine glühende Bedrohung, die zischte und knallte. Kai schlängelte sich zwischen den Hindernissen hindurch, ihre Beweglichkeit wurde durch die Erschütterungen der Erde auf die Probe gestellt.

Ihre Muskeln schrien, doch sie wagte es nicht, ihr Tempo zu verlangsamen. Jeder Schritt brachte sie näher zur Sicherheit und weg von der zerstörerischen Umarmung des Berges, der versuchte, seinen Schatz zurückzufordern. Der Boden hob sich unter ihr, und das Geräusch von brechendem Stein hallte durch den Korridor.

Mit einem ohrenbetäubenden Krachen gab der Pfad hinter ihr nach und erlag dem Zorn des Berges. Ein Sturzbach von Felsen und Staub wirbelte in die Luft, als Kai die Schwelle des Vulkanschlundes erreichte. Sie stolperte vorwärts, angetrieben von der Kraft des Ausbruchs und Hikaris Masse. Ihre Stiefel fanden Trost auf dem festen Boden jenseits der Reichweite des Infernos, und sie drehte sich um, um zu sehen, dass der Durchgang nun ein schwelender Krater war. Der Pfad existierte nicht mehr, begraben unter Schichten von Felsen und Erde.

»Geht es dir gut?«, fragte Kai und blickte besorgt zu Hikari. Ihre Verbindung brannte heftig, und ihre Augen weiteten sich, als Hikari antwortete.

Jetzt schon.

4

Hoch über den Wolken war die Luft klar und der Horizont erstreckte sich endlos. Kai genoss die kühlere Temperatur und war dankbar, dass sie und Hikari dem Vulkan unversehrt entkommen waren. Sie hatte das Herz der Flamme schützend in der Seidenbeutel verstaut, den Kokoro ihr gegeben hatte, und es ruhte fest zwischen ihren Oberschenkeln, während ihre Hände die Schuppen an Hikaris Nacken umklammerten.

Die goldenen Schuppen des Drachen reflektierten das Sonnenlicht und warfen einen schwachen Regenbogen aus Farben auf die umliegenden Wolken. Als Kai jünger war, hatte sie sich oft gefragt, wie es sich anfühlen würde, auf dem Rücken eines Drachen zu reiten. Es war besser als alles, was sie sich vorgestellt hatte, aber Hikaris Stimme zu hören war die ultimative Belohnung.

Wie konntest du mir diese Bilder zeigen? Sind das Erinnerungen?

Ich glaube schon, antwortete Hikari.

Was meinst du damit? Du weißt es nicht mit Sicherheit?

Nein. Sie kamen instinktiv zu mir, und ich habe sie an dich weitergeleitet. Ich denke, es sind Erinnerungen von anderen Ältesten.

Kai fand das faszinierend. Wie konnte ein Drache Erinnerungen von einem anderen empfangen, besonders von solchen, die nicht mehr da waren? Sie hatte viele Fragen, aber sie fürchtete, Hikari zu überfordern, wenn sie sie unkontrolliert heraussprudeln ließe.

Je stärker unsere Verbindung wird, desto stärker werde ich, sagte der Drache und beantwortete damit die Hauptfrage, die in Kais Kopf brannte.

Du kannst meine Gedanken lesen?

Ja, das kann ich.

Das machte Kai ein wenig unruhig. Bedeutete das, dass sie nie Privatsphäre in ihrem eigenen Kopf haben würde?

Ich werde es ohne deine Erlaubnis nicht mehr tun, aber du wirst lernen müssen, deinen Geist vor unserer Verbindung abzuschirmen.

Wie du lerne auch ich noch, antwortete Kai.

Der Wind änderte seine Richtung, und der Geruch von Rauch war überwältigend. Kai lehnte sich nach links und blickte auf den Boden unter ihr.

Ich rieche es auch, sagte Hikari. *Ich höre Schreie.*

Kannst du Kokoro erreichen?

Es gab einen Moment der Stille, bevor Hikari antwortete: *Nein. Ich weiß nicht, wie ich mich mit ihrem Geist verbinden kann.*

Kai konnte schwach ein Dorf in der Nähe des Tangsho-Flusses erkennen. Rauch stieg in die Luft, und sie wusste, dass etwas nicht stimmte.

Wir müssen ihnen helfen, sagte Kai. Kannst du mich dort hinunterbringen?

Die Verbindung wurde von einer Mischung aus Sorge und Stolz überflutet. Kai dachte, Hikari würde sich weigern, aber der Drache antwortete mit einem Schub der Beschleunigung und stürzte sich wie ein Pfeil hinab in Richtung des Dorfes. Als sie näher kamen, konnte Kai das Ausmaß der Zerstörung sehen.

Strohdächer fielen den hungrigen Flammen zum Opfer. Das Brüllen des Feuers vermischte sich mit den Schreien der verängstigten Dorfbewohner, die in alle Richtungen liefen. Hikari landete am Rand des Dorfes, und Kai rutschte von ihrem Rücken, rannte sofort zur nächsten Gruppe von Menschen.

»Was ist hier passiert?«

Eine Frau drehte sich zu ihr um, Ruß und Tränen zeichneten ihr Gesicht. »Drakka«, sagte sie. »Sie kamen aus dem Nichts.«

Kai schaute sich plötzlich ängstlich um. Sie kehrte zu Hikari zurück und band den Seidenbeutel um den Hals des Drachen, dann zog sie ihre Ebenholzklinge.

»Geht nach Süden«, wies Kai die Dorfbewohner an. »Überquert den Fluss und wendet euch nach Südwesten nach Tatenagawa. Im Tempel werdet ihr sicher sein.«

Die kleine Gruppe floh an ihnen vorbei, und Kai richtete ihre Aufmerksamkeit auf das Dorf.

Halt Ausschau nach den Drakka, sagte sie zu Hikari. *Ich hole die anderen Dorfbewohner.*

Ohne auf eine Antwort zu warten, eilte Kai über das Feld und ins Dorfzentrum. Die Hitze der Flammen war intensiv und drohte ihre Haut zu verbrennen. Sie rief den Menschen zu, ihr zu folgen, und wies sie in Richtung des Flusses. Der beißende Rauch füllte ihre Nasenlöcher und brannte in ihren Augen, aber sie drängte weiter, entschlossen, so viele wie möglich zu retten.

Als sie um eine Biegung kam, erstarrte Kai. Mehrere Leichen lagen auf dem Boden, aber sie waren nicht durch das Feuer gestorben. Blut färbte die Erde unter ihnen, und nach den Fußabdrücken zu urteilen, waren sie Opfer eines Drakka geworden. Sie verstärkte ihren Griff um den Knauf ihrer Klinge und ging vorsichtig weiter.

Als sie eine Bewegung zu ihrer Linken wahrnahm, wirbelte sie herum, brachte ihre Klinge nach oben und nahm eine Verteidigungshaltung ein. Durch den Rauchschleier erschien ein kleiner Junge, hustend und nach Luft schnappend. Seine Augen weiteten sich beim Anblick von Kais Schwert, aber sie streckte eine beruhigende Hand aus.

»Ich bin hier, um zu helfen. Komm mit mir.«

Der Junge nahm ihr Angebot an und klammerte sich an ihren Arm. Sie führte ihn den Weg zurück, den sie gekommen war, doch ein Drakka tauchte hinter einem teilweise eingestürzten Gebäude auf. Es sah ähnlich aus wie das, das sie in Ikje gesehen hatte, aber dieses hatte eine rote Haut.

»Feuer«, murmelte sie vor sich hin und erkannte, was die Flammen verursacht hatte. Der Drakka entdeckte sie, und ein bedrohliches Grinsen breitete sich auf seinem Gesicht aus. Kai schob den Jungen hinter sich und machte sich bereit, konzentrierte sich auf den Rhythmus ihres Atmens. Sie hatte in den letzten Tagen oft mit Liu gekämpft, und obwohl sie viel gelernt hatte, wusste sie, dass sie nicht darauf vorbereitet war, einem Drakka allein gegenüberzutreten.

Die Kreatur stürzte sich auf sie, die Krallen ausgestreckt, aber Kai schlug seinen Arm geschickt mit ihrer Klinge beiseite. Der Drakka heulte vor Schmerz auf und umklammerte seinen Arm. Rauchschwaden stiegen von seinem Fleisch auf, wo ihre Klinge es berührt hatte. Sie hatte nicht gesehen, dass sie das vorher getan hatte, aber sie hatte nur mit Liu trainiert.

Dein Schwert wurde geschmiedet, um Drakka zu vernichten, sagte Hikari. *Ich kann die Magie spüren, die in seinem Metall steckt. Es hungert nach ihrem Blut.*

Ermutigt durch die Worte ihres Drachen griff sie an. Ihre Klinge traf genau und schnitt einen zackigen Zickzack den Unterarm des Drakka hinauf. Schwarzes Blut quoll aus der Wunde. Die Kreatur kreischte vor Wut und schlug Kai mit der Faust. Der Schlag warf sie von den Füßen und schleuderte sie über den mit Trümmern übersäten Weg. Kai landete hart und rang nach Luft, als Schmerz durch ihre Seite schoss.

Steh auf, drängte Hikari.

Kai kämpfte sich auf die Füße, ihre einzige Sorge galt dem Jungen, der schutzlos dastand, während der Drakka sich ihm näherte. Sie spürte, wie ihr Ki aufflammte und in ihren Adern wie ein Trommelschlag pulsierte. Von ihrer Intuition geleitet, grub sie ihre Finger in die Erde und leitete die Kraft, die sie spürte, in den Boden. Der Boden zwischen dem Jungen und dem Drakka hob sich, Erde und Steine stiegen auf und bildeten eine Wand, die die Bestie aufhielt.

Kais Erstaunen hielt nicht lange an, als der Drakka brüllte und auf die Erdbarriere einschlug. Sie hielt stand, aber Kai war nicht sicher, wie lange sie bleiben würde. Sie konnte spüren, wie ihre Kraft schnell nachließ, und vermutete, dass die Barriere von ihrem Ki gespeist wurde. Mit seiner abgelenkten Aufmerksamkeit sah der Drakka Kai nicht, bis es zu spät war. Sie stieß ihre Klinge in seinen Rücken, zog sie scharf hoch und riss sie dann heraus.

Der Drakka stieß einen kehligen Schrei aus, der durch das ganze Dorf hallte, seine Augen weiteten sich ungläubig, als er kurz taumelte und auf die Knie fiel. Blut spritzte aus der Wunde, und die Kreatur fiel mit dem Gesicht zuerst auf den Boden, tot. Kai keuchte, als ein scharfer Schmerz durch ihren Brustkorb zuckte, und die Erdbarriere zerbröckelte.

»Zum Fluss, schnell«, drängte Kai den Jungen. Er nickte mit weit aufgerissenen Augen und rannte davon. Die Welt um Kai drehte sich und sie ließ ihr Schwert fallen.

Mir geht es nicht gut.

Das Letzte, was sie sah, war der Boden, der ihr entgegenkam.

5

Als Kai ihre Augen öffnete, befand sie sich an einem unbekannten Ort. Sie versuchte, die verstreuten Bilder, die durch ihren Kopf blitzten, zu verstehen, und Hikaris eigene Flut von Erinnerungen verstärkte nur ihre Verwirrung.

Was ist passiert?

Du bist bewusstlos geworden, antwortete Hikari.

Kai stützte sich auf ihre Ellbogen. Sie lag auf einer Strohmatte in einer großen offenen Hütte. Mehrere Verletzte lagen auf ähnlichen Schlafmatten, und der Raum war erfüllt von gedämpftem Stöhnen und geflüsterten Gebeten. Der Geruch von Blut und Rauch lag schwer in der Luft, und der eiserne Beigeschmack stach Kai in die Nase.

Wo bin ich?

Wir sind immer noch im Dorf. Nachdem du zusammengebrochen bist, kam eine Gruppe von Kriegern an und vertrieb die Drakka.

Sind sie noch hier? fragte Kai.

Ja. Sie haben die Feuer gelöscht und helfen dabei, zu retten, was übrig ist.

Kai zwang sich auf die Füße und trat aus der Hütte. Ihre Sinne schärften sich, als sie das Chaos dessen, was vom Dorf übrig geblieben war, wahrnahm. Häuser waren zu Schutt reduziert und die Erde war versengt, doch trotzdem konnte Kai die Widerstandsfähigkeit der Dorfbewohner spüren. Einige von ihnen waren bereits dabei, die Trümmer zu beseitigen.

Eine Gruppe von Personen stand in der Nähe von Hikari, und Kai konnte an ihrer Haltung erkennen, dass es sich um die Krieger handelte, von denen der Drache gesprochen hatte. Kai näherte sich, und einer von ihnen drehte sich zu ihr um.

»Du bist wach. Ich hatte befürchtet, die Wut der Drakka hätte dich dahingerafft.«

Seine Stimme, obwohl sanft, durchschnitt die Luft mit einer Klarheit, die Aufmerksamkeit gebot. Sein Blick fixierte den ihren, durchdringend in seiner Beurteilung.

»Mein Name ist Ryn. Dies ist Euer Drache?«

»Ja«, antwortete Kai.

»Sie ist einzigartig. Ich habe noch nie einen wie sie gesehen. Wie heißt Ihr?«

»Kai.«

»Ihr redet nicht viel, oder?«

»Nur wenn es nötig ist. Danke, dass Ihr mir geholfen habt. Mein Drache lernt noch, und ich glaube nicht, dass sie gewusst hätte, was sie für mich tun soll.«

Ryns Augenbrauen verzogen sich, aber er sagte nichts.

»Was hat Euch hierher geführt?« fragte Kai. »Euer Timing hätte nicht besser sein können.«

»Wir verfolgen diese Gruppe von Drakka seit Tagen. Ich wollte sie fangen, bevor sie auf Siedlungen stoßen, aber...« er schaute auf das Dorf und seufzte. »Wir waren nicht schnell genug.«

»Ich bin sicher, die Menschen hier schätzen Eure Bemühungen trotzdem. Ihr sagtet, Ihr würdet die Drakka verfolgen... wo sind Eure Drachen?«

Ein schmerzlicher Ausdruck huschte kurz über das Gesicht des Mannes. »Unsere Drachen sind nicht mehr bei uns.«

Kai hatte schon von den Zerrissenen gehört. Sie waren Geschworene, deren Drachen gestorben waren, meist durch die Hand der Drakka. Anstatt zu einem normalen Leben zurückzukehren, widmeten sie sich dem Kampf gegen die Kreaturen auf eigene Faust. Sie nickte stumm zum Zeichen des Verständnisses. Obwohl sie erst kurze Zeit mit Hikari verbunden war, wusste sie, dass der Verlust dieser Verbindung bedeutete, einen Teil von sich selbst zu verlieren.

»Wie konntet Ihr die Bestien aufspüren? Sie verbergen ihre Bewegungen mit Magie.«

»Seit ich jung war, konnte ich das Regen der Drakka spüren. Ich dachte, es wäre etwas, das ich durch meine Bindung erlangt hatte, aber die Fähigkeit bleibt, obwohl mein Drache nicht mehr ist.«

»Es scheint, als würde der Kaiser das gut nutzen«, sagte Kai.

»Das würde er wahrscheinlich, wenn ich es ihm erlauben würde. Als mein Drache starb, kappte ich alle Verbindungen zum Kaiserreich. Meine Brüder und ich gehen unseren eigenen Weg.«

Kai bewunderte seine Entschlossenheit, obwohl sie sich fragte, warum er den Wert nicht sah, sein Talent zusammen mit den Geschworenen einzusetzen.

»Wo ist der Rest Eurer Truppe?«

Kai überlegte, wie sie ihm antworten sollte, und bevor sie sprechen konnte, sagte er: »Ihr seid willkommen, Euch uns anzuschließen. Ihr seid nicht Zerrissen wie wir, aber wir sind auf einer Mission und könnten Eure Hilfe gebrauchen, und die Eures Drachen.«

»Ich habe meine eigenen Pflichten zu erfüllen«, erwiderte sie. »Aber ich bin neugierig. Warum würdet Ihr unsere Hilfe brauchen?«

»Wir haben eine Möglichkeit, den Drakka einen mächtigen Schlag zu versetzen, aber wir sind nicht in der Lage, dies allein zu tun. Da würden Ihr und Euer Drache helfen.«

Kai wünschte, Kokoro wäre bei ihnen. Sie vertraute auf die Führung des älteren Drachen, aber sie wusste auch, dass sie sich nicht immer auf sie verlassen konnte. »Was ist Euer Plan?«

»Die Drakka nutzen unterirdische Höhlen, um ihre Eier zu verstecken. Ich habe den Eingang zu einer gefunden. Wenn wir hineingelangen können, können wir das Nest zerstören.«

Kais Augen weiteten sich vor Überraschung. Die Vorstellung, ein Drakka-Nest zu zerstören, erfüllte sie mit

Beklommenheit und Aufregung zugleich. Unter die Erde zu gehen, um das Herz der Flamme zu bergen, war schon beunruhigend genug, aber in die Erde zu reisen und von Drakka umgeben zu sein, war eine ganz andere Sache. Es war nicht ideal, aber es war eine lohnenswerte Sache, wenn sie erfolgreich war.

»Warum braucht Ihr meine Hilfe? Ihr scheint genug Männer für eine solche Aufgabe zu haben.«

Ryn lächelte sie an. »Nichts kann Drakka-Eier zerstören außer Drachenfeuer. Das solltet Ihr wissen.«

Ist das wahr? fragte Kai Hikari.

Es fühlt sich wahr an. Obwohl sie verdorben sind, sind sie eine Form von Drachen.

»Warum geht Ihr nicht zu den Geschworenen? Sie würden die Chance, gegen die Drakka zu kämpfen, genießen.«

»Ich habe es Euch bereits gesagt. Ich stehe nicht auf der Seite des Kaiserreichs.« In seinem Ton lag etwas, das Kai den Eindruck vermittelte, dass mehr hinter seiner Geschichte steckte als der Verlust seines Drachen, aber wenn er Beschwerden gegen das Kaiserreich hatte, war das seine Angelegenheit.

Wie fühlst du dich dabei? Ich denke, wir sollten Kokoro konsultieren.

Hikari betrachtete sie aufmerksam, und Kai konnte ihr Spiegelbild in den blauen Augen des Drachen sehen. *Ich werde in dieser Sache deiner Führung folgen. Wenn du Kokoros Segen willst, dann werden wir ihn holen... aber wenn du deine eigene Entscheidung treffen willst...*

Kai musste Hikari den Satz nicht beenden hören, um zu wissen, dass der Drache ihr folgen würde, unabhängig vom Ergebnis.

»Welche Zusicherungen haben wir, dass dies funktionieren wird?«

»Zusicherungen?« Ryn spottete. »Es gibt keine Zusicherungen im Krieg, aber mit meiner Fähigkeit werden wir den Drakka einen Schritt voraus sein, wenn sie unsere Anwesenheit spüren.«

Kai erwog die Risiken. »Die Verbindung, die wir mit unseren Drachen teilen, ist...« sie hielt inne und suchte nach den richtigen Worten. »Tief verwoben. Diese Fäden herausgerissen zu bekommen... es ist ein Unrecht, das nach Wiedergutmachung schreit.« Sie sah zu Hikari, die zustimmend den Kopf senkte.

»Wir werden Euch helfen.«

6

Als Kai in den schwarzen Abgrund starrte, fragte sie sich, ob sie die richtige Entscheidung getroffen hatte. Hikari ging hinter ihr, was ihr etwas Trost spendete, aber der Gedanke, unter der Erde mit Drakka gefangen zu sein, ließ ihr Herz schneller schlagen.

Es hatte sie überrascht zu erfahren, dass der Eingang zum Nest nur wenige Stunden Fußmarsch vom Dorf entfernt lag, aber im Nachhinein vermutete sie, dass die Angreifer wahrscheinlich von dort gekommen waren.

Der Tunnel war breit, und die Luft kühl. Wenn Kai es nicht besser wüsste, hätte sie keine Ahnung gehabt, dass der Tunnel zu einem Nest mit Drakka-Eiern führte. Es gab keine üblen Gerüche in der Luft, und die Stille wurde nur vom Echo ihrer Schritte durchbrochen. Ryn und seine Männer liefen vor ihr und führten den Weg an, mit gezogenen Waffen, während ihre Fackeln flackernde Schatten auf die grob gehauenen Wände warfen.

Je weiter sie vorankamen, desto mehr fühlte Kai, als würde sie jemand beobachten. Es erinnerte sie an den Tag vor dem Sturm in Ikje.

Ikje.

Sie betete, dass ihre Eltern in Sicherheit waren und dass Meister Satoshi den Drakka-Angriff erfolgreich abgewehrt hatte. Je mehr sie an ihre Eltern dachte, desto größer wurde ihr Heimweh.

Ich würde gerne deine Eltern kennenlernen, sagte Hikari.

Liest du wieder meine Gedanken?

Schuldgefühle des Drachen überfluteten sie.

Schon gut, beruhigte Kai. *Es ist seltsam, meine Gedanken mit jemandem zu teilen, aber es ist auch schön, jemanden zu haben, mit dem ich sie teilen kann. Ich hatte nie...*

Erinnerungen an ihre Kindheit kamen ungebeten, strömten durch die Verbindung. Sie war allein. Es gab niemanden zum Reden, und anderen Kindern war es verboten, mit ihr zu spielen. Die Leere, die sie fühlte, schmerzte sie noch immer, und ihre Augen füllten sich mit Tränen. Sie blinzelte sie weg.

Du bist nicht länger allein.

Hikaris Worte trösteten sie wie nichts anderes.

Danke, dass du dich mit mir verbunden hast, sagte Kai.

Danke, dass du mich erweckt hast. Ich weiß nicht, wie lange ich geschlafen habe, aber es war viel zu lange.

Während sie ihre Wanderung fortsetzten, wandten sich Kais Gedanken wieder der Aufgabe zu, die vor ihnen lag. Die Luft wurde schwer und warm, und ein schwacher Geruch begann die Dunkelheit zu durchdringen. Ryn hob eine Hand und brachte alle zum Stehen. Er ging in die Hocke, untersuchte kurz den Boden, dann richtete er sich wieder auf und zeigte allen, dass sie weitergehen sollten.

Der Tunnel verzweigte sich in zwei verschiedene Richtungen, und Ryn führte sie den Pfad nach rechts entlang. Nach etwa fünfzehn Metern öffnete sich der Tunnel zu einer riesigen Kammer. Entlang der Decke der Höhle gab Moos ein unheimliches, fluoreszierendes grünes Leuchten ab, das Hunderte von dunklen Eiern erhellte, die in erdigen Wiegen lagen. Kai erstarrte bei diesem Anblick.

»Es sind so viele«, sagte sie.

»Und das ist nur eines ihrer Nester«, antwortete Ryn. »Sobald dein Drache die Schalen verbrennt, müssen wir unsere Schwerter in die Überreste stoßen, um sicherzustellen, dass sie wirklich tot sind.«

Kai nickte und schaute zu Hikari. Der Drache grollte, das Geräusch hallte in der riesigen, hohlen Kammer wider, die wie ein Schoß in der Erde wirkte. Sie stapfte vorwärts und beugte ihren Kopf, wobei sie eine Feuerflut auf die nächsten Eier spie. Die Hitze überflutete Kai, und sie musste wegen der Intensität einige Schritte zurücktreten. Das Feuer verging, und die Eier schwelten, kleine Rauchfäden stiegen in die Luft auf.

Ryn und seine Männer machten sich daran, ihre Klingen in die Schalen zu stoßen. Kai beobachtete sie bei der Arbeit. Dies waren abgehärtete Männer. Es gab kein Zögern in ihren Schlägen, keine Gnade. Als die Sundered von einem Haufen zum nächsten gingen, flüsterte ihre Rüstung mit ihren Bewegungen. Da sie sich nutzlos fühlte, ging Kai hinüber, um ihre Arbeit zu überprüfen.

Die Schalen waren so dunkel wie ihr Schwert, obwohl es für sie schwer zu bestimmen war, ob das ihre natürliche Farbe war oder von Hikaris Flammen stammte. Aus den Einstichen der Schwerter sickerte tintenschwarze Flüssigkeit, und in einem von ihnen sah sie das kleine Gesicht eines Drakka, dessen Mund sich in einem stummen Schrei öffnete.

Schuld überkam sie, und sie wandte sich von dem grausigen Anblick ab. Sie wusste, was auf dem Spiel stand, verstand, was getan werden musste, aber Leben zu zerstören, bevor es eine Chance hatte zu beginnen, war eine grimmige Aufgabe. Sie holte tief Luft und stählte sich, dann zog sie ihr Schwert und schloss sich den Sundered an.

Kais Finger umklammerten den Griff ihrer Ebenholzklinge mit festem Griff. Mit bewussten Schritten ging sie zum nächsten Eierhaufen und hielt inne. Der Moment dehnte sich, als sie die Klinge hob, das Metall fing das Licht des Mooses über ihr in einem unheilvollen Schimmer. Ihre Entschlossenheit schwankte, und ihre Hand zitterte.

Wir tun, was notwendig ist, sagte Hikari zu ihr. *Wir sind der Schild gegen die Dunkelheit, das Schwert gegen das Chaos. Wir töten keine unschuldigen Kreaturen.*

Ermutigt durch die Worte ihres Drachen stieß sie das Schwert nach vorne. Der Aufprall von Stahl auf Schale sandte einen hallenden Klang durch die Kammer, der Ton verstärkt durch die Hohlheit der Höhle. Kai stieß ihr Schwert in ein weiteres Ei. Splitter flogen. Eines nach dem anderen fielen die Eier ihrer schwarzen Klinge zum Opfer.

Die Luft wurde übler, während sie arbeiteten. Der Eiter, der aus den Eiern sickerte, roch wie tote Tiere, und Kais Nasenlöcher weiteten sich, als sie einen Husten unterdrückte. Sie zwang sich, durch den Mund zu atmen, fand es aber nicht viel besser, da sie das Gefühl hatte, den Gestank schmecken zu können.

»Halt!« rief Ryn.

Alle Geräusche verstummten, und Kai blickte zu ihm, um zu sehen, warum sie angehalten hatten. Nach einem angespannten Moment, der eine Ewigkeit zu dauern schien, sagte er: »Weitermachen.«

Der metallische Chor wurde fortgesetzt, und nach einigen Minuten hielt Kai inne, um sich den Schweiß von der Stirn zu wischen. Ihre Arme schmerzten von der Anstrengung, und nach dem zu urteilen, wie viel von der Höhle sie noch nicht abgedeckt hatten, schätzte sie, dass sie noch nicht einmal zur Hälfte fertig waren.

»Das dauert zu lange«, sagte sie laut.

»Weiter«, drängte Ryn. »Wir haben nicht viel Zeit.«

»Kommen die Drakka?«

Seine fehlende Antwort war alles, was sie brauchte. Kai schaute sich in der Kammer um, suchte nach einem Ausgang, aber das Licht des Mooses erhellte nur so viel, und alles andere blieb in den Schatten verborgen.

Siehst du einen anderen Ausweg von hier? fragte sie Hikari.

Es gab eine Pause, und der Drache antwortete. *Es gibt keinen.*

»Wir müssen gehen, solange wir können«, sagte sie zu Ryn. »Wenn die Drakka uns hier in die Enge treiben...«

Ryn riss sein Schwert aus einem Ei und wandte sich ihr zu, mit einem wilden Blick in den Augen. Er war vom Blutrausch getrieben.

»Wenn wir sterben, dann sterben wir ehrenvoll«, knurrte er.

Die anderen Sundered hielten inne und sahen ihn an. Kai konnte erkennen, dass sie nicht alle mit seinen Worten einverstanden waren.

»Dein Kummer ist mein Kummer«, sagte einer der Männer. »Aber die Hoffnung ist nicht von uns gewichen. Wenn die Drakka näher kommen, will ich sie zu unseren Bedingungen bekämpfen, nicht zu ihren. Kai hat recht. Wenn sie uns hier erwischen, werden wir alle sterben.«

Ryns Intensität nahm ab, und als er sprach, waren seine Worte ruhiger. »Es tut mir leid. Ihr habt beide recht. Ich habe meinen Hass auf diese Kreaturen überhand nehmen lassen. Wir haben getan, was wir für jetzt tun können. Lasst uns gehen, und wir können später zurückkehren, um das zu beenden.«

Kai war froh, dass man mit ihm vernünftig reden konnte. Sie wollte die Sundered nicht hier unten zurücklassen, aber sie würde auch nicht den Tod riskieren, um ein paar weitere Eier zu zerstören. Ryn steckte seine Klinge zurück in die Scheide und marschierte durch die Höhle, zurück in die Richtung, aus der sie gekommen waren.

»Warte«, sagte einer der Sundered. »Da ist etwas, in der Dunkelheit.«

»Was ist es?« fragte Ryn.

»Ich bin mir nicht sicher. Du solltest es dir ansehen.«

Ryn zögerte, aber er drehte sich um und ging zu der Stelle, wo der Mann stand. Er kniete nieder und untersuchte, worauf der Mann deutete.

»Da ist nichts-«

Der Mann schlug Ryn an die Seite des Kopfes und warf ihn zu Boden.

»Hast du den Verstand verloren, Shuji? Was tust du da?«

Der Mann, Shuji, drückte die Spitze seines Schwertes an Ryns Hals.

»Niemand geht irgendwohin, bis Kai mir ihren Drachen gibt.«

7

»Shuji, du Narr! Du kannst dich nicht mit dem Drachen verbinden. Sie ist bereits an Kai gebunden.«

»Ich bin nicht derjenige, der sie haben will«, entgegnete Shuji. »Die Drakka wollen sie.«

Kai starrte ihn ungläubig an. Sie kannte diese Männer kaum, aber sie hätte nie vermutet, dass einer von ihnen sich auf die Seite ihres Feindes schlagen würde.

»Du würdest deinen Eid verraten?«, spuckte Ryn.

»Mein Eid starb mit meinem Drachen.« Shuji hielt inne und blickte zu den anderen Sundered, bevor sein Blick auf Kai fiel. »Es tut mir leid«, sagte er. »Die Drakka haben Macht jenseits aller Vorstellungskraft. Unser Kampf ist verloren, und ich würde lieber unter ihrer Herrschaft leben als sterben. Triff jetzt deine Entscheidung.«

»Oder was?«, fragte Kai.

»Oder ich töte Ryn. Sein Blut wird an deinen Händen sein.«

»Wenn du ihn tötest, kommst du nicht weit, bevor Hikari dich zu Tode flammt.«

»Ich werde mein Glück versuchen«, sagte Shuji, drückte sein Schwert nach unten und ritzte Ryns Hals. Ein Rinnsal Blut lief über seine Haut.

Kais Hand zitterte am Griff ihres Schwertes, während ihr Verstand durch die unmögliche Entscheidung vor ihr raste. Die Spannung unter den anderen Sundered war fast greifbar.

»Dein Leben wird unter den Drakka nichts wert sein«, sagte Kai. »Sie verschlingen alles. Das weißt du. Sie lassen dich vielleicht eine Weile leben, aber letztendlich werden sie auch dich verschlingen.«

»Ich habe keine Wahl. Sie haben meine Familie.«

»Wir werden dir helfen, sie zu befreien«, sagte Ryn.

Einen Moment lang dachte Kai, Shuji würde sich umstimmen lassen, doch ihre Hoffnungen wurden zunichte, als er den Kopf schüttelte.

»Deine Worte fühlen sich an wie Seide, aber sie sind nichts weiter als Spinnweben im Wind. Entscheide jetzt.«

Hikari schnüffelte in der Luft und drehte ihren Kopf zum Tunnel. Sie kommen.

»Die Zeit läuft ab«, spottete Shuji.

Kai machte einen Schritt auf den Verräter zu, und er drückte seine Klinge tiefer in Ryns Hals, zwang sie zum Anhalten. »Lass ihn gehen«, flehte sie.

»Gib mir deinen Drachen und ich werde es tun.«

»Das wird niemals geschehen.«

»Dann werdet ihr alle hier sterben, und die Drakka werden sie trotzdem nehmen.«

Als hätten seine Worte sie beschworen, begannen Drakka aus dem Tunnel in die Kammer zu strömen. Kais Augen weiteten sich vor Angst, doch sie wurde schnell von Wut verdrängt. Diese Wut entfachte in ihr, schwoll zu einem brüllenden Inferno an. Mit einem trotzigen Schrei zapfte sie die Verbindung an und schöpfte aus einem verborgenen Quell der Macht. Es brach wie eine Flutwelle hervor, ein Strom von Energie, der ihre Adern füllte und jede Faser ihres Wesens entflammte.

Ihr Schwert reagierte auf die Macht; seine Schneide gierte nach dem Blut der Drakka.

Es leuchtete mit einem ätherischen Schein auf, und Kai rammte die Klinge in den Boden. Die Luft selbst schien zu schreien, aufgeladen mit der rohen Energie, die von ihr ausging. Es war, als würden die Seelen der Ältesten ihr ihre Kraft leihen und ihre Hand führen. Eine Aura aus schwarzem Licht umgab sie, und die Kammer bebte. Die Drakka hielten inne und sahen sich verwirrt um.

»Lass ihn gehen«, forderte Kai, ihre Stimme hallte durch die Höhle.

Shujis Augen huschten zwischen ihr und den Drakka hin und her. Kai konnte seinen inneren Kampf spüren, zerrissen zwischen seiner Loyalität zu Ryn und seinem Wunsch, seine Familie in Sicherheit zu sehen. Schließlich hob er sein Schwert von Ryns Kehle, seine Augen verließen Kais Blick nicht. Die anderen Sundered ergriffen sein Schwert und stießen ihn in Richtung der Drakka.

Die Kreaturen griffen an, ihre Verwirrung wich Wut. Shuji wurde erbarmungslos niedergestreckt, und Kai spürte einen Stich der Traurigkeit bei seinem Tod. Er war auf ihre Tricks hereingefallen und hatte seine eigene Art verraten. Dieser Gedanke schürte ihren Zorn weiter, und sie stürmte vor, um den Drakka zu begegnen, ihr Schwert schnitt durch die Luft. Sie trennte die Köpfe der Nächststehenden ab, und Hikari schloss sich ihr an, sandte einen Feuerstrom in die Reihen der Drakka.

Ihre Schreie hallten in der Höhle wider, als sie fielen, aber ihre Gefährten ließen sich nicht beirren. Sie strömten weiter aus dem Tunnel, ihre Zahl war endlos. Ermutigt durch ihre Zurschaustellung reihten sich Ryn und die anderen Sundered neben ihr ein, hackten und schlugen um sich.

Trotz ihres tapferen Widerstands wusste Kai, dass die Kraft, die durch sie floss, nicht ewig anhalten würde. Sie scannte die Kammer, suchte nach einem Ausweg oder zumindest einer Möglichkeit, Zeit zu gewinnen. Und dann sah sie es, einen verborgenen Durchgang, halb verdeckt von einem Steinschlag.

»Dort«, rief sie und deutete mit ihrem Schwert. »Bewegt euch in diese Richtung!«

Die Sundered folgten ihrer Anweisung, drehten langsam den Rücken zum Durchgang und zogen sich zurück.

Kannst du diese Steine bewegen? fragte Kai Hikari.

Ich werde deine Seite nicht verlassen.

Du musst. Es ist unser einziger Fluchtweg.

Der Drache knurrte und entfesselte eine weitere Flammenwelle, dann sprang er davon. Kai stieß ihr Schwert in einen Drakka und begann, neben den Sundered rückwärts zu gehen. Mit Hikari weg drängten die Drakka näher heran und drohten, sie zu umzingeln. Ein Grollen erfüllte die Kammer, als die Steine bewegt wurden, und dann war Hikari wieder an Kais Seite und fegte Drakka mit ihren Klauen beiseite.

Der Weg ist frei.

»Alle in den Tunnel! Hikari und ich werden sie aufhalten!«

Die Sundered lösten sich und rannten zum Ausgang. Kai konnte spüren, wie die Kraft, die sie angezapft hatte, rapide schwand. Nachdem die Männer in Sicherheit waren, drängte Kai ihren Drachen, als Nächste zu gehen.

Du zuerst, sagte Hikari.

Ich habe einen Plan, und ich will nicht, dass du im Weg stehst, von dem, was kommen wird.

Hikaris Besorgnis war in der Bindung spürbar, aber sie gab nach und eilte in den Tunnel. Kai drehte sich um und sprintete zur Öffnung, rutschte zum Halt, als sie die Schwelle erreichte. Sie drehte sich zurück, um den Drakka entgegenzublicken und holte tief Luft, in der Hoffnung, dass was auch immer sie führte, sie nicht in die Irre leitete.

Sie hielt ihre schwarze Klinge vor sich und schloss die Augen, bündelte die verbliebene Energie in den Obsidianstein im Knauf. Die Geräusche der nahenden Drakka verblassten, und die Zeit schien stillzustehen. Wärme strahlte vom Stein aus und wurde mit jedem Moment heißer. Kai konnte die Energie spüren, die sich bereit machte hervorzubrechen, und ihre Haut kribbelte vor Erwartung.

Ein Lichtblitz blendete Kai, obwohl ihre Augen geschlossen waren, und sie wurde nach hinten geschleudert, als der letzte Rest ihrer Energie in einem gewaltigen Ausbruch freigesetzt wurde. Als das Licht verblasste, lag sie keuchend im Tunnel, ihre Kraft war verschwunden. Nach einigen Momenten setzte sie sich auf, aber ihr wurde schwindelig, und sie sank gegen die Wand. Als die Übelkeit nachließ, blickte sie in die Höhle.

Rauchschwaden stiegen vom Steinboden auf. Die Drakka waren verschwunden, ihre Körper zu Asche reduziert. Kai holte zitternd Luft und stand auf. Ihre Beine fühlten sich an, als wären sie aus Wackelpudding, aber sie hielten sie aufrecht. Sie hatte keine Ahnung, wie sie solche Macht ausgeübt hatte, aber es hatte sie gerettet. Der Preis war hoch, und sie wusste nicht, ob sie es wieder tun könnte. Sie suchte nach dem Quell der Macht, aber er war verschwunden, keine Spur war geblieben.

Kai wurde aus ihren Gedanken gerissen, als sie Schritte hörte, doch es war nur Ryn. Er starrte sie an, als wäre sie ein seltsames Wesen, auf das er gerade gestoßen war, bot ihr aber seine Hand an. Sie nahm sie an, und er half ihr den Tunnel hinauf.

Wie habe ich das gemacht? fragte sie Hikari.

Ich konnte spüren, wie die Ältesten der Vergangenheit dich führten, aber ansonsten weiß ich es nicht. Vielleicht hat Kokoro die Antwort.

Sie navigierten schweigend durch den Gang und traten schließlich ins Tageslicht. Kai setzte sich auf den Boden und bemerkte, dass die Sundered sie anstarrten.

»Was ist los?«

»Du bist die Blutgeweihte«, sagte Ryn. Wie ein Mann sanken sie alle auf die Knie und verbeugten sich vor ihr.

»Was tut ihr da? Steht auf.«

»Wir schwören dir die Treue, Kai. Du bist diejenige, von der die Schriftrollen sprechen, und wir werden dir gegen die Drakka folgen.«

8

Trotz Kais Protesten bestanden die Sundered darauf, ihr und Hikari nach Tatenagawa zu folgen. Sie teilten eine Mahlzeit, um ihre Kräfte aufzufüllen, und nach einer kurzen Rast stand Kai auf und ging zum Drachen hinüber, wobei sie mit der Hand über ihre Schuppen strich.

»Wir sollten nicht lange hier bleiben«, sagte Ryn und gesellte sich zu Kai. »Die Drakka formieren sich neu. Du und dein Drache solltet gehen. Wir treffen euch am Tempel.«

»Zu Fuß? Wenn die Drakka euch erwischen-«

»Das werden sie nicht«, versprach Ryn. »Wir kennen dieses Land besser als diese Kreaturen es je tun werden.« Er legte seine Hand auf ihre Schulter, sein Griff war fest, aber nicht unfreundlich. »Was du da unten getan hast... so etwas habe ich noch nie gesehen. Ich weiß, dass du das Blatt in diesem Krieg wenden wirst.«

Kai bezweifelte, dass das stimmte, aber sie sagte es nicht. Wenn der Mann es glaubte, wer war sie, ihm zu widersprechen?

»Dann sehen wir uns in Tatenagawa«, sagte sie.

Hikari kauerte sich nieder, und Kai kletterte auf ihren Rücken. Sie nickte Ryn zu, der respektvoll den Kopf neigte.

Ich bin bereit, teilte sie Hikari mit.

Der Drache breitete seine Flügel aus und hob ab, stieg in den Himmel auf. Kai beobachtete, wie die Sundered immer kleiner wurden, dann richtete sie ihren Blick nach vorne. Es war ein seltsames Gefühl, dass andere sie als eine Art Retterin betrachteten. Sie hatte nie Aufmerksamkeit oder Ruhm gesucht, noch wollte sie ihn jetzt, aber wenn Kokoro recht hatte, dann war Kai tatsächlich diejenige aus der Prophezeiung...

Der Wind peitschte durch Kais Haar, und sie wandte ihre Gedanken ihren Eltern zu. Sie vermisste sie sehr. Wie fühlten sie sich dabei, dass ihre andere Tochter sich mit den Drakka verbündet hatte? Waren sie entsetzt? Gaben sie sich selbst die Schuld für den Weg, den ihr Leben genommen hatte?

Kai stellte sich ihre Schwester vor, was nicht schwer war. Sie waren Zwillinge, und ihre Gesichtszüge waren so ähnlich, dass Kai, als sie sie gesehen hatte, dachte, sie würde eine Erscheinung sehen.

Als das abgeschrägte Dach des Tempels in Sicht kam, konnte sie Rauch sehen, der in die Luft aufstieg.

Siehst du das? fragte Kai.

Ja.

Hikari erhöhte die Geschwindigkeit und durchschnitt die Luft so schnell, dass Kai spürte, wie ihr Griff an den Schuppen des Drachen nachließ. Als sie landeten, war das Tempelgelände überrannt. Hikari setzte im Innenhof auf, und Kai sprang von ihrem Rücken und zog ihr Schwert.

Ein Dutzend Drakka versuchten, die Tempeltüren zu durchbrechen, aber Hikari erledigte sie mit einem lodernden Feuer. Kai schob ihre verkohlten Überreste beiseite und hämmerte gegen die Tür.

»Kokoro! Geht es Ihnen gut?«

Es herrschte nur Stille, und Kais Herz raste, als sie das Schlimmste befürchtete. Die Türen schwangen auf, und Kokoro trat heraus, um sie zu begrüßen.

»Du kommst gerade rechtzeitig«, sagte der Älteste. »Mit deiner Hilfe können wir sie vertreiben.«

»Haben sie den Tempel schon einmal angegriffen?«

»Niemals. Sie sind wirklich dreist geworden, wenn sie glauben, dass sie diese heiligen Stätten überrennen können.«

»Wo ist Liu?« fragte Kai.

»Hier«, antwortete er und trat aus dem Tempel. Er trug seine Rüstung und hielt sein Schwert in der rechten Hand.

»Er würde nicht von meiner Seite weichen«, sagte Kokoro. »Als ob ich einen Beschützer bräuchte. Kommt, lasst uns diese Drakka bereuen lassen, jemals einen Fuß hierher gesetzt zu haben.«

Die drei stellten sich vor Hikari auf. Kai stand zu Kokoros Linken und Liu zu seiner Rechten. Eine Gruppe von Drakka kam um die Seite des Tempels herum und stieß Kampfschreie aus, während sie auf sie zustürmten.

Kai und Liu stürmten vor, um ihnen zu begegnen, während Kokoro in der Nähe von Hikari blieb. Sie waren den Drakka zahlenmäßig unterlegen, aber sie hatten den Vorteil von Hikaris Flammen. Liu und Kai trafen frontal auf sie, ihre Schwerter prallten gegen die Waffen der Drakka.

Kai duckte sich unter einem ausholenden Schlag hindurch und stieß dann ihre schwarze Klinge in die Mitte des Körpers der Kreatur. Der Drakka stieß ein Brüllen aus, bevor er zu Boden fiel. Sie zog ihr Schwert heraus und erledigte ihn endgültig, dann wandte sie sich dem nächsten Angreifer zu. Sie versuchte, einen Schlag abzuwehren, aber sie war der brutalen Stärke der Kreatur nicht gewachsen und taumelte von dem Schlag zurück.

Liu kam ihr zu Hilfe, seine Klinge trennte beide Arme des Drakka an den Ellbogen ab. Dunkles Blut spritzte auf das Kopfsteinpflaster, und Liu schwang sein Schwert in einem Bogen und entfernte seinen Kopf. Der Körper fiel zu Boden.

»Danke«, sagte Kai atemlos. Liu nickte zur Antwort und beschäftigte sich mit einem weiteren Drakka.

Die beiden schlugen sich weiter durch die Reihen der Drakka, aber Kai konnte spüren, wie ihre Kraft schwand. Es war ein langer Tag gewesen, und die Erschöpfung machte sich bemerkbar. Sie nahm sich einen Moment, um zu Kokoro zu schauen.

»Benutze das Herz«, drängte der Älteste.

»Was meinen Sie damit?«

Kokoros Worte gingen im Klirren von Stahl unter, und Kai richtete ihre Aufmerksamkeit wieder auf die Drakka, gerade rechtzeitig, um eine klauenartige Hand zu sehen. Sie traf sie am Kopf, und als nächstes fand sie sich auf dem Boden liegend wieder, zum Himmel starrend.

Sie stöhnte, als sie sich aufsetzte und sich wieder auf die Füße zwang. Liu war umzingelt, und Kai fluchte leise. Sie hob ihr Schwert vom Boden auf und stürmte vorwärts, trieb es in den Rücken des nächsten Drakka. Sie riss die Klinge heraus und stieß die Spitze der Klinge in den Hals eines anderen.

Geh in Deckung, warnte Hikari Kai.

Sie blickte zum Drachen und konnte sehen, wie Hikaris Kehle in orangefarbenem Licht glühte.

»Runter!« schrie sie und warf Liu zu Boden. Eine intensive Hitze überkam sie, als Hikari die Drakka mit Feuer überzog. Kai wälzte sich herum, aus Angst, ihre Kleidung könnte Feuer gefangen haben, aber sie blieb unversehrt. Hikaris Präzision war ein Wunder.

Beeindruckend.

Danke, antwortete Hikari, und ihr Stolz erfüllte die Verbindung.

Kai half Liu wieder auf die Beine und klopfte dann die Asche von ihrer Kleidung.

»Das war eine kleine Truppe«, sagte Kokoro. »Ich befürchte, es werden mehr kommen. Es ist offensichtlich, dass deine Schwester sie lenkt.«

Liu steckte seine Klinge in die Scheide. »Sollen sie kommen. Wir werden sie alle erschlagen.«

»Sprich nicht so töricht«, wies Kokoro ihn zurecht. »Wir sind in der Unterzahl, und es gibt keine Verbündeten in der Nähe.«

»Während Hikari und ich weg waren, trafen wir eine Gruppe von Sundered. Sie haben versprochen, uns gegen die Drakka zu helfen. Sie sind auf dem Weg hierher.«

»Wie viele sind es?«

»Nur eine Handvoll, aber sie sind geschickte Krieger.«

»Das reicht nicht aus«, sagte Kokoro.

»Sie können sich in Ihre wahre Gestalt verwandeln. Ich bin sicher, die Drakka würden bei diesem Anblick zittern und fliehen.«

Kokoro lächelte traurig. »Ich nehme an, das würden sie, aber es ist nicht möglich. Mein Geist schwindet, und mit ihm meine

Kraft. Ich hoffe, dein Training zu vollenden, bevor...«

Kai runzelte die Stirn. »Bevor was? Meinen Sie, dass Sie im Sterben liegen?«

»Ja, ich sterbe. Ich habe länger gelebt als jeder meiner Art vor mir, und ich bin müde.«

»Aber wir brauchen Sie«, sagte Kai. »Wir können die Drakka nicht ohne Sie besiegen.«

»Ihr werdet ohne mich zurechtkommen. Ich habe während deiner Abwesenheit eine große Kraft gespürt. Das warst du, nicht wahr?«

Kai nickte.

»Erzähl mir, was passiert ist.«

9

Die untergehende Sonne warf lange Schatten über den Hof, während Kai die Ereignisse von ihrer Suche am Vulkan erzählte. Kokoro hörte aufmerksam zu, und ihr Gesichtsausdruck war ernst, als Kai fertig war.

»Sie haben großen Mut bewiesen, indem Sie das Nest der Drakka betreten haben, aber Ihre größte Prüfung liegt noch vor Ihnen.«

»Was meinen Sie damit?«, fragte Kai.

»Einen Drakka zu besiegen ist eine Sache, aber sich der eigenen Art zu stellen ist eine andere. Können Sie Ihr eigenes Fleisch und Blut niederstrecken? Ihre Schwester?«

Die Frage ließ Kai sprachlos zurück. Sie starrte die Ältere schweigend an, während ihre Gedanken von einem Szenario zum nächsten rasten.

»Darauf kann ich keine Antwort geben. Zumindest jetzt nicht. Es ist nichts, was ich in Betracht gezogen habe. Ich hatte gehofft...«

»Dass Sie sie irgendwie retten könnten?« Kokoro lächelte traurig. »Das ist ein schöner Gedanke, aber ich sehe dafür keine Hoffnung. Am Ende wird es Sie oder sie sein. Nur eine kann bestehen.«

»Es kann nicht so einfach sein«, widersprach Kai. »Ich weiß, ich kenne sie nicht, aber es fühlt sich nicht richtig an.«

»Es ist nicht einfach«, erwiderte Kokoro. »Aber es ist notwendig. Sie sollten sich auf das vorbereiten, was getan werden muss. Doch genug davon. Es gibt eine andere Angelegenheit, die wir besprechen müssen.«

Kai war dankbar für den Themenwechsel. Der Gedanke, gegen ihre Schwester zu kämpfen, geschweige denn sie zu töten, war schwer vorstellbar. Und doch wusste sie, dass viel mehr auf dem Spiel stand als jede geschwisterliche Loyalität. Das Schicksal des Reiches hing in der Waagschale.

»Es gibt einen weiteren Gegenstand, der Ihnen helfen wird, die Drakka zu besiegen. Er wurde lange vor menschlichen Augen verborgen.«

»Was ist es?«, fragte Kai.

»Ich hatte gehofft, nie über diese Reliquie sprechen zu müssen, geschweige denn sie wieder im Einsatz zu sehen. Aber verzweifelte Zeiten erfordern verzweifelte Maßnahmen.«

Als Kokoro die Beschaffenheit des Gegenstands erklärte, hörte Kai mit einer Mischung aus Furcht und Ehrfurcht zu. Ein Umhang aus der Haut eines älteren Drachen? Die Fähigkeit, sich zwischen dem Sichtbaren und Unsichtbaren zu bewegen? Es schien unglaublich, doch Kokoro hatte ihr auch vom Herzen der Flamme erzählt, und das war real gewesen.

»Das Schattenreich«, wiederholte Kai, die Worte murmelnd.

»Es ist ein Ort, an dem Licht und Dunkelheit nebeneinander existieren und die Zeit anders fließt. Es ist ein Reich von großer Macht und noch größerer Gefahr. Der Umhang erlaubt seinem Träger, die Grenzen zwischen unserer Welt und dem Schattenreich zu überschreiten und verleiht ihm Fähigkeiten jenseits sterblicher Sicht.«

Kai fuhr mit den Fingern an ihrem Bein entlang. Sie fand eine Naht und fuhr mit den Nägeln darunter. »Wenn dieses Artefakt so mächtig ist, warum wurde es versteckt? Warum wurde es nicht schon früher eingesetzt?«

»Macht hat immer ihren Preis. Der Umhang ist ebenso eine Last wie ein Segen. Er hat viele in den Wahnsinn getrieben, sie mit dem Reiz seiner Fähigkeiten verzehrt.«

Kais Unbehagen ließ ihre Stimme brechen, als sie fragte: »Und Sie glauben, ich kann ihn führen, ohne seinem Einfluss zu erliegen?«

»Ihr Herz ist rein und Ihre Absichten edel... aber täuschen Sie sich nicht, ihn zu benutzen wird Sie auf eine Weise prüfen, die Sie sich noch nicht vorstellen können. Mit der Kraft Ihres Drachen hinter Ihnen bin ich zuversichtlich, dass Sie nicht ins Wanken geraten werden.«

»Ich werde tun, was nötig ist.«

»Sehr gut«, sagte Kokoro. »Ruhen Sie sich aus, solange Sie können. Sie müssen morgen früh aufbrechen.«

Die Ältere verabschiedete sich und kehrte zum Tempel zurück. Kai war müde, aber es ging ihr zu viel durch den Kopf. Sie fand einen Bambuskübel und begann, die Überreste der Drakka vom Hof zu entfernen. Da es sich um Aschehaufen handelte, dauerte es nicht lange, bis sie die Ländereien von den Kreaturen gesäubert hatte. Sie wusch den Kübel im Fluss aus, füllte ihn dann mit Wasser und schrubbte das Kopfsteinpflaster mit der Hand. Kai spürte Lius Blick auf sich, während sie arbeitete.

»Du hast dich in kurzer Zeit sehr entwickelt«, sagte er.

»Es fühlt sich nicht so an.«

»Das liegt daran, dass du dich darauf konzentrierst, wohin du gehst, und nicht, wo du bist oder wo du warst. Wenn du nur an die Zukunft denkst, verlierst du die Vergangenheit aus den Augen.«

Kai musste zugeben, dass in seinen Worten Wahrheit steckte, aber sie sagte nichts.

»Du bist stärker, klüger und entschlossener geworden.« Er machte eine Pause. »Aber es gibt eine Sache, die sich bei dir nicht verändert hat. Dein Mitgefühl. Das macht dich anders als andere Reiter.«

»Es ist nicht meine Absicht, anders zu sein«, sagte Kai, hielt einen Moment mit dem Schrubben inne und blickte zu ihm auf.

»Natürlich nicht. Das wollte ich nicht andeuten. Ich meine nur, dass du die Welt nicht wie andere siehst. Das ist keine schlechte Sache.«

Kai lächelte leicht und setzte dann ihre Aufgabe fort. »Glaubst du, Kokoro hat recht mit mir? Dass ich den Umhang benutzen kann?«

»Das bleibt abzuwarten, aber ich glaube an dich.«

Kais Wangen wurden rot. Als sie ihn zum ersten Mal traf, dachte sie, er sei nichts weiter als ein grober Soldat, der ihr als Wache zugewiesen worden war. Je besser sie ihn kennenlernte, desto mehr erkannte sie, dass mehr in ihm steckte als Schwert und Rüstung. Er war ihr Freund.

»Danke«, sagte sie leise.

»Wofür?«

»Für alles.«

»Ich habe nicht viel getan, außer dir beizubringen, eine Klinge zu führen«, sagte er lachend. »Aber gern geschehen.«

Sobald Kai den Hof als ordnungsgemäß gereinigt betrachtete, kehrte sie zum Fluss zurück und wusch den Schweiß und Schmutz von sich ab. Das kühle Wasser linderte ihre schmerzenden Muskeln, und sie fühlte sich etwas erfrischt. Hikari lag in der Nähe auf dem Gras, und Kai fühlte sich sicher genug, um ihre Kleidung auszuziehen und zu waschen. Als sie sie zum Trocknen ans Flussufer legte, war die Sonne verschwunden. Hikari benutzte ihren Atem, um sie zu wärmen, und nach wenigen Augenblicken war die Feuchtigkeit verdampft.

Kai trocknete sich so gut wie möglich ab, zog dann ihre Kleider wieder an und legte sich neben Hikari ins Gras, wo sie beobachtete, wie die Sterne nach und nach am Himmel erschienen. Sie schloss die Augen und spürte die Last des Tages auf ihrem Geist und Körper.

Während sie schlief, träumte sie davon, gegen die Drakka zu kämpfen, die Macht des Umhangs zu beherrschen und ihrer Schwester gegenüberzutreten. Als sie aufwachte, begann die Sonne aufzugehen. Kai setzte sich auf, erschrocken darüber, dass sie so lange geschlafen hatte.

»Ah«, stöhnte sie und rieb sich die steifen Nackenmuskeln. »Warum hast du mich hier draußen einschlafen lassen?«

Ich wollte deine Ruhe nicht stören, antwortete Hikari. *Es war auch schön, etwas Gesellschaft zu haben, auch wenn du nicht ansprechbar warst.*

Kai stand auf und streckte sich, dann rieb sie sich den Schlaf aus den Augen. Ihr Magen knurrte, und ihr wurde klar, dass sie vor dem Einschlafen nichts gegessen hatte. Sie machte sich auf den Weg zum Tempel und fand Liu im Hof, wo er Reiskuchen aß. Er bot ihr einige an, und sie verschlang mehrere davon gierig.

»Du bist wohl nicht hungrig, oder?« Ein Lächeln umspielte seine Lippen.

»Ich war noch nie hungriger«, sagte Kai, nahm einen weiteren Reiskuchen von seinem Teller und biss hinein. »Ich glaube, ich habe mich die ganze Nacht nicht bewegt.«

»Magie zu benutzen hat diesen Effekt«, sagte Kokoro, als sie sich zu ihnen gesellte. »Sie müssen vorsichtig sein, sich nicht zu überanstrengen.«

Kai kaute zu Ende und wischte sich mit dem Handrücken den Mund ab. »Wo ist dieser Umhang, den ich finden muss?«

Kokoro zeigte nach Norden. »Eine Krypta liegt in Shaoing jenseits der Shinraha-Berge. Geisterhafte Wächter beschützen sie und werden Sie herausfordern.«

»Welche Art von Herausforderungen werden sie stellen?«

»Prüfungen des Willens, der Weisheit und des Mutes. Sie müssen alle bestehen, um den Umhang zu erhalten. Liu, ich möchte, dass Sie mit ihr gehen. Hikari sollte in der Lage sein, Sie beide zu tragen, und Kai wird Ihre Hilfe brauchen.«

Liu neigte respektvoll den Kopf.

»Ich habe Ihnen einige Vorräte für die Reise gepackt. Sie werden mindestens zwei Tage brauchen, da Hikari nicht den ganzen

Weg ohne Rast fliegen kann. Seien Sie vorsichtig. Shaoing wurde einst von meinem Bruder beschützt, aber er ist seit vielen Jahren fort, und ich bin sicher, die Drakka haben seinen Tempel übernommen.«

»Wir werden vorsichtig sein«, sagte Liu und nahm den Vorratsbeutel von Kokoro entgegen. »Und wir werden so schnell wie möglich zurückkehren.«

Kai war dankbar für seine Zuversicht. Das Einzige, was ihr durch den Kopf ging, war eine Frage.

Bin ich wirklich bereit dafür?

10

Die Sonne tauchte die zackigen Gipfel der Shinraha-Berge in ein goldenes Licht. Ihre schneebedeckten Spitzen glänzten, und ein kalter Wind biss in Kais Haut. Sie hielt ihren Blick auf den Horizont gerichtet, die Eintönigkeit der Landschaft unter ihr wurde nur gelegentlich durch den Anblick wilder Tiere unterbrochen.

Liu saß hinter ihr, seine Hände ruhten auf ihrer Taille. Unter normalen Umständen hätte sie sich dabei unwohl gefühlt, aber sie wusste, dass er sich lediglich an ihr festhielt, um nicht vom Wind fortgerissen zu werden. Seine lockere Umarmung bedeutete nichts weiter, und sie schätzte die Wärme, die von ihm ausging.

Sie flogen schon seit einigen Stunden, und Kai konnte die Erschöpfung in Hikaris

Flügelschlägen spüren. Beruhigend klopfte sie dem Drachen auf den Nacken.

Du solltest dich ausruhen, sagte sie.

Hikari schnaubte als Antwort und stieß Rauchfäden aus, die sich schnell in der Luft auflösten.

Lande bei der nächsten Lichtung, bestand Kai darauf.

Wenige Augenblicke später sank Hikari zum Fuß der Berge hinab. Sie landeten mit einem sanften Aufprall, und Kai rutschte an der Schulter des Drachen hinunter, ihre Beine schmerzten von den stundenlangen Ritten. Der Wind heulte zwischen den Gipfeln, das Geräusch klang fast wie entfernte Stimmen.

»Ich mache ein Feuer«, bot Liu an.

Während er Holz sammelte, schlang Kai ihre Arme um sich selbst. Die Luft war kalt und dünn, und sie drang trotz ihrer Kleidung bis auf die Knochen. Sie hoffte, dass Hikari nicht lange brauchen würde, um sich auszuruhen. Sie hasste die Kälte.

Liu legte mehrere Zweige zu einem Haufen zusammen und zog sein Schwert, rasch fuhr er mit einem Stein an der Klinge auf und ab. Einige Funken entstanden, aber es reichte nicht aus, um das Holz zu entzünden.

»Pass auf«, sagte Kai.

Liu blickte auf, gerade als Hikari schnaubte und einen kleinen Feuerball ausstieß, der den Haufen traf und das Holz in Brand setzte. Er steckte sein Schwert in die Scheide und setzte sich, die Hände nahe am Feuer ausgestreckt. Kai setzte sich ihm gegenüber und kauerte so nah an den Flammen, wie sie es wagte. Hikari rollte sich hinter ihr zusammen und war bald eingeschlafen.

Kai beobachtete, wie die Flammen tanzten, verloren in ihren Gedanken. Sie dachte wieder an ihre Schwester und fragte sich, wie das Leben verlaufen wäre, wenn die Dinge anders gekommen wären. Hätten sie noch immer eine Bindung zu demselben Drachen geteilt? Oder wäre eine von ihnen aus der Bindung verblasst, zum Vorteil der anderen?

Vielleicht wäre nicht sie hier in den kalten Bergen auf der Suche nach einer alten Krypta gesessen, sondern stattdessen Akuhara. Kai blickte vom Feuer auf und sah, dass Liu sie anstarrte.

Er brach das Schweigen, seine Stimme leise, aber mit Neugierde. »Geht es dir gut? Du siehst beunruhigt aus.«

»Ich denke nur nach.«

»Du denkst an *sie*, nicht wahr? Deine Schwester?«

»Ja. Es fühlt sich falsch an, jede Hoffnung auf ihre Rettung aufzugeben, aber du hast Kokoro gehört. Sie glaubt, dass es keine Rettung für sie gibt.«

»Die Dinge entwickeln sich nicht immer so, wie wir es uns wünschen«, sagte Liu. »Ich weiß, das hilft dir nicht und tröstet dich nicht, aber das Leben ist hart. Wir müssen diese Dinge so gut wie möglich ertragen, ohne unsere Menschlichkeit zu verlieren.«

Hikari bewegte sich im Schlaf, und Kai warf einen Blick auf sie.

»Glaubst du, dass Drachen Dinge fühlen wie wir?«

Lius Stirn runzelte sich, als er die Frage überdachte. »Ich glaube, sie fühlen alles tiefer als wir wissen. Aber sie verweilen nicht in der Vergangenheit wie wir. Sie leben im Jetzt, im Herzen des Moments. Vielleicht können wir etwas von ihnen lernen.«

Kai dachte über seine Worte nach. Vielleicht hatte er recht. Sie konnte die Ereignisse der Vergangenheit nicht kontrollieren, aber sie könnte Einfluss auf gegenwärtige Ereignisse nehmen. Der Wind heulte wieder, dieses Mal lauter, und Kais Blick wanderte zu einem felsigen Grat. Der

Klang war anders – weniger wie Wind und mehr wie etwas Lebendiges.

Liu bemerkte es auch. Seine Hand wanderte zum Griff seines Schwertes. »Hast du das gehört?«

Kai stand auf, ihre Muskeln spannten sich an, als sie über Hikaris massigen Körper hinwegblickte. Ihr Atem stockte, als sie sie sah – wuchtige Gestalten, ihre Silhouetten unverkennbar. Sie stapften von den Bergen herunter.

»Drakka«, zischte Kai. »Lösch das Feuer!«

Liu war ihr bereits einen Schritt voraus, schaufelte mit den Händen Erde und warf sie auf die Flammen.

»Wie viele?«, fragte er.

»Zu viele.«

»Haben sie uns gesehen?«

Kai zögerte. »Ich glaube nicht.«

Sie warteten schweigend und beobachteten, wie die Drakka an ihrem Standort vorbeizogen. Die Kreaturen bewegten sich in einer langsamen, methodischen Reihe, ganz anders als ihr übliches Verhalten. Kai zählte mindestens zwanzig, ihre Körper wellten sich mit unnatürlicher Stärke.

Als der letzte von ihnen aus dem Blickfeld verschwand, stieß Kai einen Seufzer aus.

»Wir hatten Glück. Wenn sie uns gesehen hätten...«

Hikari hob ihren Kopf und schnupperte in der Luft. *Ich rieche Drakka in der Nähe.*

Sie sind bereits hier durchgezogen, antwortete Kai.

»Hast du die Richtung bemerkt, in die sie gehen?«, fragte Liu.

Kai folgte dem Pfad, den die Drakka eingeschlagen hatten, und erkannte, dass sie nach Südwesten zogen. »Glaubst du, sie gehen nach Tatenagawa?«

Er zuckte mit den Schultern. »Das ist unmöglich zu wissen, aber Kokoro kann auf sich selbst aufpassen. Wir müssen weiterziehen. Wenn sie unsere Spur aufnehmen, sind wir nicht in der besten Position, uns zu verteidigen.« Liu schaute zu Hikari. »Hast du dich genug ausgeruht, um weiterzumachen?«

Hikari streckte ihre Flügel und gähnte. Kai konnte spüren, dass die Erschöpfung des Drachen nachgelassen hatte, aber ihre Kraft war noch nicht vollständig wiederhergestellt.

Ich schaffe das, sagte Hikari und projizierte ihre Gedanken, damit beide sie hören konnten.

Bist du sicher? fragte Kai.

Ja.

Die Sonne stand mitten am Himmel, aber obwohl es Mittag war, schien die Temperatur kälter zu werden. Kai wollte Hikari mehr Zeit zum Ausruhen geben, aber sie wollte auch von diesem Ort verschwinden.

Dann lass uns aufbrechen. Wir halten bei Einbruch der Dunkelheit wieder an, es sei denn, du schaffst es nicht so weit. Du musst dich nicht über deine Grenzen hinaus anstrengen.

Hikari brummte zustimmend, und Kai und Liu kletterten auf ihren Rücken. Der Wind frischte auf, als sie in die Luft stiegen, aber Kai ignorierte die Kälte. Sie schwebten über die verschneiten Gipfel hinweg, und die Luft wurde so kalt, dass Kai ihren Atem in kleinen Wolken ausströmen sah.

Sie flogen, bis sie die Hauptmasse der Berge hinter sich gelassen hatten. Die Luft wurde allmählich wärmer, und Kai zeigte auf einen Hain von Bäumen.

Dort werden wir für die Nacht lagern, sagte Kai. Es bietet Deckung, und wir sollten ein Feuer unterhalten können, ohne uns um neugierige Blicke sorgen zu müssen.

Hikari brachte sie hinunter und landete knapp außerhalb der Baumgrenze. Liu und Kai machten sich daran, das Lager einzurichten, während Hikari auf die Jagd nach Nahrung ging. Bald hatten sie ein knisterndes Feuer, und sie teilten eine Mahlzeit aus frischem Obst und Fisch aus den Vorräten, die Kokoro ihnen gegeben hatte.

Der Wind ließ nach, als die Nacht das Land umhüllte, und die Sterne leuchteten über dem Blätterdach. Kais Bauch war voll, und sie faulenzte neben dem Feuer, ihre Augen schwer. Sie war überrascht, wie ermüdend es war, fast nichts zu tun.

»Ich übernehme die erste Wache, während du etwas schläfst«, bot Liu an.

Kai legte ihren Kopf auf ihre Arme und schloss die Augen, glitt in den Schlaf. Wieder einmal suchten seltsame Träume sie heim.

11

Kai erwachte vom Zwitschern der Vögel. Sie blinzelte mehrmals, verwirrt darüber, wo sie sich befand. Langsam kehrte ihre Besinnung zurück, und sie starrte auf das verkohlte Holz und die Asche, alles, was vom Feuer der vergangenen Nacht übrig geblieben war.

Sie setzte sich auf und sah sich um, während sie sich die Augen rieb. Liu schlief noch, aber Hikari war wach und behielt sie wachsam im Auge.

Hast du Nahrung gefunden? fragte Kai.

Ich habe ein paar Rehe gefunden, antwortete der Drache. *Und ich habe geschlafen, während Liu Wache gehalten hat. Er wollte dich wecken, aber ich konnte nicht mehr schlafen, also habe ich übernommen.*

Danke. Das habe ich gebraucht.

Kai stand auf und streckte sich. Sie hatte länger geschlafen als erwartet und fühlte sich vollkommen erholt.

Ich habe letzte Nacht das Gebiet erkundet. Wir sind nicht weit von Shaoing entfernt.

Wie viel weiter ist es noch?

Ein paar Stunden, erwiderte Hikari.

Kai wühlte in der Tasche mit Essen, die Kokoro ihnen gegeben hatte, und entschied sich für einen in Seetang eingewickelten Reiskuchen. Sie aß schweigend und genoss die Aussicht und die Geräusche des Waldes um sie herum. Sie wanderte vom Lager weg, erleichterte sich hinter einigen Büschen und fand einen kleinen Bach, wo sie sich eiskaltes Wasser ins Gesicht spritzte. Sie trank ihren Durst und kehrte zum Lager zurück, rüttelte sanft an Liu, bis seine Augen aufsprangen.

»Zeit aufzubrechen«, sagte sie. »Hikari sagt, wir werden Shaoing heute erreichen.«

Liu brummte und stand auf, rieb sich den Schlaf aus den Augen. Er aß einen Reiskuchen und trank aus dem Bach, dann packte er ihre spärlichen Habseligkeiten. Kurz darauf waren sie fort und durchschnitten auf Hikaris Rücken die Morgenluft.

Ein paar Stunden später, genau wie Hikari gesagt hatte, kam Shaoing in Sicht.

Eine monolithische Struktur aus verwittertem Stein ragte in den Himmel, ihre bröckelnden Mauern von tiefen Rissen gezeichnet und von verdrehten Ranken überwuchert.

Hikari landete vor dem Tempel, ein tiefes Knurren grollte in ihrer Brust. *Dieser Ort ist nicht natürlich. Er wurde von etwas Altem... Mächtigem geformt.*

Kai stieg ab und rutschte zu Boden, ihre Stiefel sanken in die feuchte Erde ein. Sie konnte schwach spüren, wovon Hikari sprach. Da war etwas in der Luft, eine Art Summen, aber wenn sie versuchte, sich darauf zu konzentrieren, woher der Klang kam, änderte er seine Richtung.

Spürst du irgendwelche Drakka? fragte Kai.

Hikari schnupperte in der Luft und schnaubte, ihre Nüstern blähten sich. *Ich rieche nur den Gestank von Verfall.*

Massive Steine waren über dem Eingang des Tempels eingestürzt und ließen eine Öffnung, die zu klein für den Drachen war. So sehr ihr die Idee auch missfiel, Hikari zurückzulassen, der Drache würde draußen auf sie warten müssen.

»Liu und ich werden hineingehen«, sagte sie laut. »Wenn etwas passiert, lasse ich es dich wissen.«

Hikari trat vor und versuchte, die Steine aus dem Weg zu räumen, aber sie waren selbst für sie zu schwer. Sie brummte und zog sich zurück, ihre Niederlage eingestehend.

Wir kommen zurück, versprach Kai.

Gemeinsam krochen sie und Liu auf allen Vieren durch die Öffnung und betraten die Dunkelheit des Tempels. Sobald sie die Felsen hinter sich gelassen und die Schwelle des Eingangs überschritten hatten, konnten sie aufstehen. Kais Augen kämpften darum, sich an die Dunkelheit zu gewöhnen. Blasse, phosphoreszierende Flechten klebten an den Wänden und warfen einen Schimmer, der die Dunkelheit kaum vertrieb.

»Bleib dicht bei mir«, sagte Liu und trat vor sie. »Wir wissen nicht, welche Art von Fallen in diesen Hallen lauern könnten.«

Sie bewegten sich langsam vorwärts, und der schmale Gang, in dem sie sich befanden, öffnete sich zu einer großen Vorkammer. Die Wände waren kahl, und der Steinboden war mit Schmutz und kleinen Steinen übersät.

»Dieser Ort fühlt sich an, als wäre er seit langer Zeit verlassen«, flüsterte Kai, während ihre Augen den Raum nach irgendwelchen

Anzeichen der Wächter absuchten, vor denen Kokoro sie gewarnt hatte.

Als ob durch ihre Gedanken herbeibeschworen, löste sich ein Schatten von der Wand. Er war groß, in dunkle Roben gehüllt, die mit den Steinen verschmolzen. Die Gestalt bewegte sich mit einer unnatürlichen Anmut, ihr Gesicht unter einer Kapuze verborgen. Kais Hand umklammerte den Griff ihres Schwertes, aber die Gestalt machte keinen Ansatz anzugreifen. Sie blieb mehrere Schritte entfernt stehen und zog ihre Kapuze zurück, enthüllte ein skelettartiges Gesicht, das mit Runen gezeichnet war. Wo seine Augen sein sollten, befanden sich goldene Kugeln, die mit Feuer brannten.

»Warum betretet ihr diesen Ort?«

Seine Stimme ließ einen Schauer Kais Rücken hinunterlaufen. Sie blickte zu Liu, der seinen Blick auf die Gestalt gerichtet hielt, sein Schwert teilweise entblößt. Ihre Angst beiseite schiebend, sagte Kai: »Ich suche den Mantel.«

»Du musst beweisen, dass du würdig bist«, erwiderte der Wächter.

»Wie mache ich das?«

»Stelle dich den Prüfungen. Wenn du würdig bist, wird dir der Mantel gegeben. Wenn du scheiterst, wirst du sterben.«

Das letzte Wort des Wächters hallte unheilvoll von den Wänden wider. Kokoro hatte erwähnt, dass es gefährlich sein würde, ja, aber sie hatte nichts darüber gesagt, möglicherweise zu sterben. Kai schluckte schwer.

»Du musst das nicht tun«, sagte Liu.

»Ich weiß«, antwortete sie.

Obwohl sie wusste, dass seine Worte wahr waren, hatte sie das Gefühl, keine Wahl zu haben. Kokoro hatte sie bisher nicht in die Irre geführt, aber die Todesdrohung ließ sie zögern. Kai dachte an ihre Eltern, an die unschuldigen Menschen im ganzen Reich, die unter den Drakka litten. Wenn sie auch nur ein Leben retten könnte, indem sie ihr eigenes riskierte, war es das wert? Sie dachte, dass es das war.

»Ich nehme an«, sagte sie.

Die Kugeln des Wächters leuchteten heller. »Sehr gut. Höre meine Rätsel und beantworte sie richtig, um voranzuschreiten. Ich bin nicht lebendig, aber ich wachse; ich habe keine Lungen, aber ich brauche Luft; ich habe keinen Mund, aber Wasser ertränkt mich. Was bin ich?«

Kai wiederholte die Worte in ihrem Kopf. *Nicht lebendig... wächst... braucht Luft...*

Wasser ertränkt es. Ihre Augen weiteten sich mit Erkenntnis. »Die Antwort ist Feuer.«

»Richtig«, sagte der Wächter, ein Hauch von Anerkennung in seinen ätherischen Zügen. »Ich bin unsichtbar, aber ich trage Wolken; ich bin schwerelos, aber ich kann den stärksten Baum bewegen; ich habe keine Stimme, aber ich mache Flüstern und Heulen. Was bin ich?«

»Wind«, antwortete Kai, erleichtert, dass das Rätsel einfach war. Sie fragte sich, wie viele davon sie beantworten müsste.

»Richtig. Ich bin nicht lebendig, aber ich wiege das Leben; ich bin geduldig und forme Berge mit der Zeit; ich trage keine Kleidung, aber Blumen schmücken mich. Was bin ich?«

»Irgendwelche Ideen?« fragte Kai Liu.

»Nein!« zischte der Wächter. »Nur du darfst antworten.«

Kai dachte einen Moment über das Rätsel nach, unsicher, was nicht lebendig sein könnte, aber Berge formen könnte. Ihre erste Vermutung war der Wind, aber das war die Antwort der letzten Frage, und Blumen schmückten nicht den Wind. Sie öffnete den Mund, schloss ihn dann wieder und zweifelte an sich selbst. Schließlich entschied sie sich für eine Antwort. »Die Erde?«

»Richtig.« Das skelettartige Gesicht des Wächters wurde ernst. »Hier ist dein letztes Rätsel. Ich habe keine Form, aber ich kann jede Gestalt ausfüllen; ich bin still, aber ich kann auch brüllen; ich bin sanft, aber ich kann Stein schneiden. Was bin ich?«

Kais Verstand war leer. Sie sah wieder zu Liu, die Panik in ihrem Gesicht offensichtlich. Er konnte ihr die Antwort nicht geben, aber vielleicht konnte er ihr irgendeinen Hinweis liefern.

»Die anderen Fragen sind alle miteinander verbunden«, sagte Liu. »Was verbindet sie?«

Der Wächter protestierte nicht, also nahm Kai an, dass Lius Hilfe akzeptabel war. Sie dachte über die anderen Antworten nach. Feuer, Wind, Erde… sie waren alle Elemente.

»Wasser«, antwortete sie.

»Richtig. Du hast deinen Verstand bewiesen. Du darfst in die nächste Kammer vorrücken.«

Die Gestalt des Wächters flackerte kurz und löste sich dann in einem Lichtblitz auf, wobei Staubpartikel verstreut wurden.

»Danke«, sagte Kai. »Das wäre fast in einer Katastrophe geendet.«

12

Nach dem Verlassen der Kammer befanden sie sich in einem Gang. Kai erwartete, dass eine weitere Erscheinung sie konfrontieren würde. Stattdessen stellten sie fest, dass der Korridor leer war. Seltsame Symbole waren in die Wände gemeißelt und pulsierten mit einem unheimlichen Glühen. Kai streckte ihre Hand aus, ihre Finger schwebten nur wenige Zentimeter von einer besonders komplizierten Schnitzerei entfernt. Es ähnelte einem Drachenauge, und während sie zusah, weitete sich die Pupille und fokussierte sich auf sie. Sie zog ihre Hand ruckartig zurück.

»Hast du das gesehen?«, fragte sie.

»Was gesehen?«

Sie starrte das Symbol einen Moment lang an und wartete, aber nichts geschah. »Schon gut. Vielleicht bilde ich mir was ein.«

Sie drängten vorwärts und navigierten durch den gewundenen Gang. Die Symbole schienen ihnen den Weg zu weisen, leuchteten heller, wenn sie sich Kreuzungen näherten, und wurden dunkler, wenn sie vorbeigingen. Kai war in Gedanken versunken, und Liu erschreckte sie, als er plötzlich anhielt und ihren Arm packte.

»Schau.«

Vor ihnen öffnete sich der Gang zu einer riesigen Kammer, diese größer als die letzte, und ihr Boden war mit Steinfliesen bedeckt. Einige trugen die gleichen leuchtenden Symbole wie die Wände, während andere dunkel blieben.

»Das fühlt sich zu einfach an«, sagte Liu. »Ich denke, es könnte eine Falle sein.«

Kai trat vorsichtig nach vorne und setzte ihren Fuß auf eine Fliese mit dem vertrauten Drachenaugensymbol. Es leuchtete heller unter ihrem Gewicht, aber sonst geschah nichts.

»Ich glaube, wir müssen dem Pfad der Symbole folgen. Die dunklen Fliesen lösen wahrscheinlich etwas aus.«

Liu nickte. »Das macht Sinn. Willst du, dass ich vorangehe?«

»Nein, ich gehe.«

Kai machte einen weiteren vorsichtigen Schritt, ihr Körper angespannt, bereit, bei den geringsten Anzeichen von Gefahr zu reagieren. Mit jedem erfolgreichen Schritt wuchs ihr Selbstvertrauen, aber auch der Druck. Ein Fehler könnte den Unterschied bedeuten zwischen dem Erreichen des Umhangs und dem Versagen – nicht nur für sie selbst, sondern für alle. Die leuchtenden Markierungen strahlten Wärme aus, und der Raum wurde unerträglich heiß. Schweiß bildete sich auf ihrer Stirn, als sie sich dem Ausgang näherte.

Sie hüpfte von der letzten Fliese zur Schwelle eines Torbogens, der zu einem Korridor mit Erdboden führte. Liu folgte dem Pfad, den sie genommen hatte, und als er an ihre Seite gelangte, gingen sie Seite an Seite weiter. Nach ein paar Schritten stöhnten und kratzten die Steinwände, als sie sich verdrehten und wie riesige Puzzleteile verschoben, um ein Labyrinth zu bilden.

»Ich habe dort hinten eine andere Tür gesehen. Vielleicht können wir-« Lius Worte wurden von einem hallenden Schlag unterbrochen, als eine Steinplatte hinter ihnen fiel und den Durchgang blockierte. Es gab kein Zurück mehr.

Die Labyrinthmauern summten vor Energie, und Kai legte eine Hand darauf, um zu sehen, ob sie Magie benutzen sollte, um das Labyrinth zu lenken. Der Stein war kalt und unnachgiebig, aber es gab eine seltsame Vibration unter seiner Oberfläche. Ein sanfter, rhythmischer Puls, fast wie-

Liu trat an ihr vorbei, und der Boden unter ihren Füßen zitterte. Kai zog ihn zurück. Die Wände bewegten sich wieder, die Steine mahlten aneinander, als sie einen völlig anderen Weg bildeten.

Kai runzelte die Stirn. »Es hat sich verändert.« Die Wände, die noch vor Augenblicken stillgestanden hatten, hatten sich neu angeordnet, als wären sie lebendig.

»Wir müssen uns bewegen, bevor es uns einschließt oder zerquetscht«, sagte Liu. Er setzte wieder an, vorwärts zu gehen, aber Kai zögerte.

Er hatte Recht, aber irgendetwas an der Art, wie sich die Wände bewegten – überlegt, methodisch – ergab keinen Sinn. Sie schaute den Korridor hinunter, der sich gerade vor ihnen geöffnet hatte, dann zur Seite, wo sich ein anderer Pfad gebildet hatte. Die Steine mahlten und bewegten sich weiter, aber Kai hörte nicht auf das Geräusch der Wände. Sie konzentrierte sich auf den Raum zwischen dem Lärm, die Stille, die vor jeder Bewegung kam. Es gab ein Muster. Sie konnte es spüren, schwach und schwer zu fassen, aber es war da.

»Dieser Ort ist nicht nur ein Labyrinth«, sagte sie langsam. »Er testet uns.«

»Was meinst du?«

»Es geht nicht darum, den richtigen Weg zu finden. Es reagiert auf uns, darauf, wie wir uns bewegen. Wir können nicht einfach hindurchstürmen.«

»Wenn wir hier stehen bleiben, sind wir tot. Lass uns diesen Weg nehmen.« Liu schritt nach links, aber ein weiteres Beben erschütterte den Boden, und der Korridor versiegelte sich mit einem schweren Knall. Kais Gedanken rasten. Die Wände bewegten sich nicht zufällig. Sie versuchten, sie zu hastigen Entscheidungen zu zwingen. Es wollte, dass sie in Panik gerieten. Sie wusste nicht, woher sie das wusste, sie wusste es einfach.

»Jedes Mal, wenn wir uns bewegen, ändert es sich. Aber wenn wir stillstehen...« Kai hielt Liu an Ort und Stelle und deutete auf den Korridor vor ihnen. Er blieb offen, obwohl die Wände leicht zitterten. »Es wartet.«

Liu schüttelte den Kopf. »Was machen wir also? Hier stehen bleiben?«

»Nicht genau«, antwortete Kai, ihre Stimme jetzt entschlossener. »Wir müssen uns bewegen, wenn es uns lässt, nicht wenn wir wollen. Es ist wie ein Tanz.«

Liu warf ihr einen ungläubigen Blick zu. »Ein Tanz mit einem sich verändernden Steinlabyrinth, das uns zerquetschen will? Großartig.«

»Wir müssen nur zuhören.«

Kai schloss die Augen und konzentrierte sich auf den subtilen Rhythmus unter ihren Füßen. Es war wie der Schlag einer Trommel. Als die nächste Verschiebung kam, fühlte sie es in ihren Knochen.

»Jetzt«, flüsterte sie und öffnete die Augen.

Sie trat vor und Liu folgte ohne zu zögern. Die Wände blieben einen Moment länger still, aber während sie liefen, konnte Kai das tiefe Grollen sich verschiebender Steine hinter ihnen hören. Ihr Herz pochte, ihre Sinne geschärft. Sie bogen um eine Ecke, und der Boden zitterte erneut, der Weg hinter ihnen schloss sich.

»Weiter«, drängte Liu.

»Nein. Warte.«

Liu erstarrte an Ort und Stelle. Kai schloss wieder ihre Augen und spürte nach dem Puls. Die Wände bewegten sich, aber nur leicht. Der Weg vor ihnen blieb offen. Sie bewegte sich vorsichtig, hielt bei jedem Zittern im Stein inne. Das Labyrinth veränderte sich um sie herum, aber jetzt waren sie im Einklang damit und antizipierten jede Veränderung, bevor sie passierte. Die Panik, die Kai noch vor Momenten ergriffen hatte, ließ nach, ersetzt durch wachsendes Selbstvertrauen.

Schließlich bogen sie um eine weitere Ecke, und Kai sah es: ein breiter Torbogen, in Licht getaucht. »Das ist es«, sagte sie. Liu setzte an, vorwärts zu gehen, aber Kai hielt ihn erneut zurück. »Es ist noch nicht vorbei.«

»Der Ausgang ist direkt da.«

»Ich weiß, aber es testet uns immer noch. Es will, dass wir uns beeilen.«

Der Druck in der Luft schien anzusteigen, während sie dort standen, die Wände rumorten ungeduldig. Kai hielt stand und wartete. Sie konnte den Puls spüren, schwächer jetzt, aber immer noch da.

»Geh«, sagte sie. »Langsam.«

Liu fiel neben ihr in Schritt. Sie bewegten sich auf den Torbogen zu, und die Wände stöhnten, aber sie schlossen sich nicht. Als sie den Ausgang erreichten, fiel der Druck ab, und sie traten hindurch. Das Labyrinth versiegelte sich hinter ihnen.

Liu sah sie an. »Erinnere mich daran, niemals deine Instinkte in Frage zu stellen.«

13

Der Torbogen öffnete sich zu einem weitläufigen, ruhigen Garten. Die Decke darüber verlor sich in der Dämmerung, übersät mit sanften Sternen, und der Boden war ein üppiger Teppich aus grünem Gras.

Kai schaute sich um, verzaubert von der Schönheit. Eine sanfte Brise wehte durch die Bäume und trug den Duft von Zimt und Honig. Natürliche, gewundene Pfade erstreckten sich in alle Richtungen, jeder gesäumt von Blumen unterschiedlicher Farben. Statuen in Roben gehüllter Figuren standen in regelmäßigen Abständen entlang der Wege, ihre Gesichtsausdrücke ruhig und unergründlich.

»Es ist friedlich hier«, sagte Liu. »Zu friedlich.«

Kai nickte, ihre Muskeln noch angespannt vom Labyrinth. »Es sieht aus wie ein weiteres

Labyrinth, aber ich erkenne keine Logik in diesem.«

Als sie tiefer in den Garten vordrangen, schienen sich die Pfade zu vervielfachen, wanden und drehten sich, bis es unmöglich wurde zu sagen, aus welcher Richtung sie gekommen waren. Es gab keinen klaren Hinweis, welchen Weg man nehmen sollte, und jede Biegung schien zu einem weiteren Satz verzweigter Pfade zu führen.

Kai kniete sich neben einen der Pfade und berührte die Blumen. Sie waren echt, weich und duftend. Aber als sie aufstand, wurde ihr etwas Beunruhigendes klar – jeder Pfad schien verlockender als der letzte. Einer war mit strahlenden goldenen Blumen gesäumt, die sanft unter dem Dämmerhimmel leuchteten. Ein anderer wurde von hochragenden Bäumen beschattet, deren Blätter silbern schimmerten. In der Ferne konnte sie leise Musik hören, als würde jemand eine unheimlich vertraute Melodie spielen, gerade außer Sichtweite.

»Hörst du das?«, fragte sie.

Liu neigte den Kopf. »Musik. Aber... woher kommt sie?«

Kais Herz setzte einen Schlag aus, als die Melodie klarer wurde. Es war nicht irgendeine Musik. Es war das Lied, das ihre

Mutter ihr als Kind vorzusummen pflegte, eine längst vergessene Melodie. Sie schluckte schwer, ihr Hals schnürte sich zu.

»Wir müssen vorsichtig sein. Dieser Ort spielt uns Streiche.«

Kokoro hatte gesagt, die Prüfungen würden ihren Willen, ihre Weisheit und ihren Mut testen. Was für eine Prüfung war das hier? Jeder Pfad schien sie anzuziehen, jeder überzeugender mit seinen Verlockungen.

»Wie finden wir heraus, welcher Pfad zur nächsten Kammer führt?«, fragte Liu.

Kai schüttelte den Kopf. Sie dachte an die vorherigen Tests. Der Garten prüfte nicht ihre Ausdauer oder Kraft. Vielleicht prüfte er ihre Fähigkeit zu unterscheiden, weise zu wählen. Aber wie konnte sie eine weise Entscheidung treffen, wenn sich jeder Pfad wie der richtige anfühlte?

Ihre Augen wanderten zu einem Pfad, gesäumt mit glühenden roten Blumen, deren Blütenblätter zart, aber leuchtend waren, fast pulsierend vor Licht. Die Versuchung war da, zog an ihr, drängte sie, ihm zu folgen. Aber etwas daran fühlte sich... falsch an.

»Ich glaube nicht, dass wir dem folgen sollen, was wir wollen«, sagte Kai. »Ich glaube, dieser Garten ist darauf ausgelegt, uns in die Irre zu führen. Je mehr wir etwas wollen, desto gefährlicher wird es.«

Liu blickte einen Pfad hinab, der mit silbernen Blättern gefüllt war, seine Augen verengten sich misstrauisch. »Also sollten wir alles ignorieren, was gut aussieht?«

Kai antwortete nicht sofort. Ihr Blick wanderte über die unzähligen Pfade, die gewundenen Wege, die berauschenden Gerüche und Anblicke. Die Musik zerrte an ihrem Herzen, aber sie zwang sich, darüber hinaus zu hören. Irgendwo in diesem Garten musste es einen Pfad geben, der wahr war, einen, bei dem es nicht um Genuss oder Begehren ging.

Eine Statue erregte ihre Aufmerksamkeit. Sie stand höher als die anderen, ihr steinernes Gesicht war vom Alter abgenutzt, aber ihr Ausdruck war gelassen. Anders als die anderen sah diese Statue nicht wie eine edle Figur oder ein weiser Ältester aus. Sie war einfach, schlicht, ihre Augen geschlossen, als wäre sie in Betrachtung versunken.

Kai ging hinüber, um vor ihr zu stehen. Ihre Basis war von schlichten weißen Blumen umgeben, unscheinbar im Vergleich zum Rest des Gartens. Sie kauerte sich daneben und untersuchte die Inschrift, die in den Stein gemeißelt war:

Der wahre Pfad ist derjenige, der nichts verlangt.

»Ich denke, das ist der richtige Weg«, sagte sie und stand auf. Sie sah Liu an. »Die anderen Pfade versuchen, uns mit dem abzulenken, was wir zu wollen glauben, aber der, dem wir folgen müssen, ist der, der uns überhaupt nichts bietet.«

Liu betrachtete den Pfad schweigend. »Dieser hier hat kein Leuchten, keine Musik, nichts. Wenn das stimmt, was du sagst, dann hast du wahrscheinlich recht.«

Kai lächelte, und ohne auf seine Antwort zu warten, betrat sie den Pfad, der mit weißen Blumen gesäumt war. In dem Moment, als ihr Fuß den Weg berührte, hörte die ferne Musik auf, und die schimmernde Anziehungskraft der anderen Pfade schien zu verblassen, als ob der Garten selbst zurückweichen würde. Liu folgte ihr, seine Hand am Griff seines Schwertes, obwohl es keine unmittelbare Gefahr gab. Der Pfad wand und drehte sich, aber je weiter sie gingen, desto ruhiger wurde es – keine Illusionen, keine Versuchungen.

Nach scheinbar einer Ewigkeit lichteten sich die weißen Blumen, und der Pfad öffnete sich zu einer kleinen Lichtung. In der Mitte der Lichtung stand ein Torbogen, ähnlich dem, den sie zuvor durchschritten hatten, aber dieser war mit Ranken überwuchert.

Als sie sich dem Torbogen näherten, flüsterte eine sanfte Stimme durch den Garten, kaum hörbar, aber vertraut. Es war dieselbe Stimme, die zuvor das Lied ihrer Mutter gesungen hatte, aber diesmal hatte sie keine Macht über sie. Sie blickte zurück auf die gewundenen Pfade, die sie hinter sich gelassen hatten, die Farben und Lichter verblassten in der Dämmerung, als sie sich dem Ausgang näherten.

Kai blieb vor dem Torbogen stehen, ihr Verstand war jetzt klarer. Sie verstand den Zweck des Gartens – er hatte ihr gezeigt, dass Weisheit nicht immer darin besteht, den offensichtlichsten Pfad oder den mit der größten Belohnung zu wählen. Manchmal war der beste Pfad derjenige, der nichts zurückgab. Es war eine einfache Lektion, aber eine schwerwiegende Wahrheit.

Die Ranken teilten sich und gaben einen dunklen Gang frei. Kai deutete darauf und sah Liu lächelnd an.

»Ich lasse dich diesmal führen, wenn du willst.«

Liu betrachtete sie lange, bevor er antwortete. »Kokoro hatte recht, dich hierher zu schicken. Du hast eine Verbindung zur

Magie dieses Ortes. Ich werde *deiner* Führung folgen.«

Kai lachte und blickte hinaus in die Dunkelheit. Sie konnte das Gefühl nicht abschütteln, dass etwas Gefährliches darin lauerte, aber sie hatte alle bisherigen Herausforderungen erfolgreich gemeistert. Sicher konnte diese nicht schlimmer sein als das, was sie bisher erlebt hatten... oder?

Sie trat durch den Torbogen, und Liu folgte ihr.

14

Als sich Kais Augen an die Dunkelheit gewöhnten, erkannte sie, dass sie sich in einer kreisförmigen Kammer befanden. Die Luft vibrierte mit einer übernatürlichen Energie, die ihre Armhaare zu Berge stehen ließ. Bevor sie ihre Umgebung vollständig erfassen konnte, materialisierten sich ätherische Gestalten, ähnlich der aus der ersten Kammer.

»Wir sind umzingelt«, flüsterte sie und griff nach dem Griff ihres Schwertes. Sie bezweifelte, dass die Waffe gegen die Geister viel ausrichten würde, aber das Gefühl vermittelte ihr ein kleines Maß an Sicherheit.

Die Wächter erhoben ihre geisterhaften Waffen im Gleichklang, ihre hohlen Stimmen hallten durch die Kammer.

»Beweist eure Würdigkeit oder geht unter.«

Der Boden bebte, und aus der Erde erhoben sich mehrere riesige Gestalten – Golems, ihre Körper bedeckt mit denselben uralten Runen wie die der Wächter. Kai zog ihr Schwert und trat einen Schritt zurück.

»Es sind sechs«, sagte Liu ungläubig.

Kai umklammerte ihr Schwert fester, während sie die drei Golems, die auf sie zuschlurften, mit verengten Augen betrachtete. Die anderen drei gingen auf Liu los. Die Kreaturen schimmerten in einem unnatürlichen grünen Farbton, und Kai vermutete, dass sie aus Jade bestanden. Ihre Bewegungen waren langsam, aber entschlossen, und ihr Gewicht ließ den Boden erzittern.

Sie überlegte, wie sie sie besiegen könnte. Stein konnte man zerbrechen, absplittern oder zertrümmern, aber Jade – besonders Jade mit Magie verschmolzen – stellte eine ganz andere Herausforderung dar.

Hikaris Präsenz drang in ihren Geist. *Sie sind nicht aus Fleisch und Blut, aber sie haben Schwachstellen. Finde sie, und du wirst sie zu Fall bringen.*

Kai fragte sich, woher der Drache wusste, womit sie es zu tun hatte, aber sie hatte keine Zeit, nachzufragen. Der nächste Golem hob seinen Arm, das Geräusch von knarrendem

Stein erfüllte die Luft. Er schlug mit erschreckender Geschwindigkeit nach unten, und Kai warf sich gerade noch rechtzeitig zur Seite. Der Aufprall erschütterte den Boden und wirbelte Erde und zersplitterte Steine auf.

Liu war bereits in Bewegung, sein Schwert blitzte im schwachen Licht auf, als er auf die Gelenke des ihm nächsten Golems zielte. Seine Klinge traf die Jade mit einem metallischen Klirren, hinterließ aber kaum einen Kratzer. Er wich einem Schlag aus und wich zurück.

»Wir brauchen eine Strategie«, sagte er.

Kai war wieder auf den Beinen, ihr Blick wanderte zwischen den Golems und den gespenstischen Wächtern umher, die nun die Kammer umringten. Die in die Jadeoberfläche der Golems eingravierten Runen strahlten ein sanftes Schimmern aus, das den Stein fast durchsichtig erscheinen ließ.

»Sie sind irgendwie verbunden«, sagte Kai. »Die Golems und die Geister.«

»Was passiert, wenn du diese Verbindung unterbrichst?«

Kai wusste es nicht, aber seine Frage gab ihr eine Idee. Einer der Golems machte einen Schritt auf sie zu. Sie sprintete vorwärts, um ihn zu treffen, und schlug mit ihrem Schwert nach den leuchtenden Runen, die in seinen Arm geätzt waren. Ihr Schwert funkelte gegen die Jade, und sie spürte, wie die Magie kurz flackerte. Das war es – die Magie.

»Zielt auf die Symbole!«, rief sie. »Das ist der Schlüssel!«

Liu nickte, sein Gesicht vor Konzentration grimmig. Er huschte an einem Golem vorbei, duckte sich unter seinem schweren Arm hindurch und schlug mit seiner Klinge auf die Runen seines Beins ein. Die Jade leuchtete mit einem Lichtblitz auf, und dort, wo sein Schwert getroffen hatte, erschien ein tiefer Riss.

»Es funktioniert«, sagte er und wich einem weiteren Schwung aus. »Wir müssen nur–«

Bevor er die Worte aussprechen konnte, stürmte ein weiterer Golem nach vorne und bewegte sich schneller, als seine Größe vermuten ließ. Sein massiver Arm schwang auf Liu zu, der kaum Zeit zum Reagieren hatte. Kais Herz sprang ihr in den Hals, als der Schlag traf und Liu nach hinten schleuderte. Er krachte gegen die Wand und rutschte zu Boden, bewusstlos.

»Liu!«

Kai sprintete vorwärts, ihr Schwert durchschnitt die Luft mit Präzision. Ihre schwarze Klinge traf die größte Rune auf der Brust des ersten Golems, und ein Netz aus Rissen breitete sich über seinen Oberkörper aus. Der Golem geriet ins Wanken, seine Bewegungen verlangsamten sich, als seine Magie zu zerfallen begann. Das versetzte die anderen in Raserei.

Tief geduckt rannte Kai zu Lius regloser Gestalt und stellte sich schützend vor ihn. Der Golem, den Liu getroffen hatte, näherte sich, und Kai stieß ihr Schwert in die Schwachstelle, die er im Bein der Kreatur geschaffen hatte. Mit einem lauten Knacken zerbrach das Glied, und der Golem stürzte mit einem ohrenbetäubenden Krachen zu Boden.

Das ließ vier übrig, die noch standen.

Sie verloren keine Zeit, sich zu nähern. Die Wächter beobachteten schweigend, ihre Blicke unnachgiebig. Kai blieb schützend vor Lius Körper stehen, während ihr Verstand nach einem Plan suchte, die verbleibenden Golems zu besiegen.

Als sie über die Risse nachdachte, die sie im ersten Golem verursacht hatte, konzentrierte Kai ihre Aufmerksamkeit darauf, diese Schwachstellen bei den anderen auszunutzen. Die drohende Gefahr ignorierend, huschte sie zwischen den vorrückenden Golems hindurch und schlug auf ihre leuchtenden Runen ein. Mit jedem Treffer breiteten sich Risse wie Spinnweben über ihre Jadekörper aus, die Kammer hallte bei jedem Schlag wider.

Kai kämpfte mit aller Kraft, die sie aufbringen konnte, aber ihre Energie schwand schnell. Die Last der Situation drückte auf sie herab, und sie fürchtete, das Ende sei nah. Ihre Atemzüge waren angestrengt, und Schweiß ließ ihre Kleidung an der Haut kleben. Sie fühlte sich eingeengt, ihre Bewegungen wurden träge.

Sie stolperte und fiel hart zu Boden, ihr Schwert klapperte, als es außer Reichweite sprang. Kai suchte verzweifelt nach der Magie, die sie zuvor angezapft hatte, aber sie entzog sich ihr. Die verbleibenden Golems rückten vor, und Kai sah ihr Leben an ihr vorbeiziehen. Sie wollte aufstehen, weiterkämpfen, aber ihre Muskeln fühlten sich wie Blei an.

Die massiven Kreaturen türmten sich über ihr auf, und einer von ihnen hob seinen Fuß, um sie zu zerquetschen. Kai wappnete sich für den Schlag, aber ein Kampfschrei ließ sie aufhorchen. Sie sah Liu auf den Beinen, Blut lief von einer Kopfwunde an seiner Schläfe herunter. Er schlug sein Schwert gegen die Seite des Golems, der im Begriff war, auf Kai zu treten, was die Kreatur aus dem Gleichgewicht brachte. Es fiel zu Boden, und die anderen richteten ihre Aufmerksamkeit auf ihn.

Kai zwang sich hoch und kroch auf allen vieren, um zu ihrem Schwert zu gelangen. Sie schnappte die Klinge und stand auf, drehte sich gerade rechtzeitig um, um zu sehen, wie die Golems auf Liu zustürzten.

»Nein!«

Er brach unter ihren Schlägen zusammen und lag regungslos da. Kais Sicht verschwamm, und ihre Arme zitterten. Sie tastete nach innen, fühlte nach den Fäden der Magie, die sie mit Hikari verbanden. Zunächst entglitten sie ihrem Griff. Es war, als versuchte sie, Wasser mit den Händen zu fangen. Mit einem kehligen Schrei versuchte sie es erneut, und diesmal gelang es ihr, sie zu fassen.

Ein Schwall roher Kraft brach aus ihr hervor. Er traf die Golems und drückte sie gegen die Wand. Ihre Runen leuchteten auf, als versuchten sie, Widerstand zu leisten, aber sie verbrannten unter ihrer Wut, die Magie brüllte wie ein ungezähmtes Feuer. Der Schmerz, Liu fallen zu sehen, hatte etwas Urtümliches in ihr freigesetzt.

Die Energiewelle ließ die geisterhaften Wächter flackern wie Kerzenflammen in einer Brise. Mit einem scharfen Schrei richtete Kai alles auf die Golems. Ihre Jadekörper zersplitterten in tausend Stücke und erzeugten einen tödlichen Sturm aus Scherben, während die Trümmer durch die Kammer wirbelten.

Kai ließ die Magie los und wankte zu Lius Körper hinüber. Sie sank neben ihm auf die Knie, ihre Hände zitterten, als sie nach seinem Puls tastete. Er war schwach und schwand schnell. Entsetzen überkam sie. Er starb, und es war alles ihre Schuld.

15

»Du hast dich als würdig erwiesen.«

Die Worte des Wächters bedeuteten nichts. Tränen blendeten sie, und sie verfluchte sich selbst, dass sie Liu erlaubt hatte, mit ihr zu kommen. Wenn er bei Kokoro geblieben wäre...

Wärst du tot, sagte Hikari, ihre Stimme durchdrang Kais Trauer. *Er hat sich geopfert, um dich zu retten.*

Kai wischte ihre Tränen weg und schaute den Wächter an. Er stand teilnahmslos da.

»Kannst du ihm helfen?«, fragte sie.

»Er ist jenseits jeder Hilfe.«

Kai keuchte auf und warf sich auf Lius Körper, Tränen flossen frei. Er war mehr als ein Mentor für sie gewesen, er war ihr Freund. Vielleicht ihr einziger Freund. Hikaris Gegenwart erfüllte die Verbindung, und eine Welle des Trostes überkam sie. Es dämpfte den Schmerz, aber es verminderte ihn nicht.

Die Zeit hörte auf zu existieren, während sie dort lag. Nach einer Weile versiegten die Tränen. Sie hob ihren Kopf, um nach den Wächtern zu schauen. Sie waren verschwunden, und in der Mitte des Raumes stand ein Podest. Unbekannte Magie strahlte davon aus, und Kai stand langsam auf. Eine schimmernde Masse von Dunkelheit ruhte auf dem Podest.

Kai näherte sich vorsichtig und fürchtete, es könnte eine weitere Prüfung geben. Sie konnte nichts mehr ertragen. Der Umhang kräuselte sich wie flüssige Nacht, seine Kanten verschwammen und formten sich in einem hypnotisierenden Muster neu. Flecken von Sternenlicht tanzten über seine Oberfläche und deuteten auf die enorme Macht in seinen Falten hin.

Ein widersprüchliches Gemisch von Gefühlen brodelte in ihr. Kokoro sagte, dieser Umhang könnte ihr helfen, den Drakka zu besiegen, aber zu welchem Preis? Was würde das Führen solcher Macht mit ihr machen?

Macht kommt immer mit einem Preis, sagte Hikari zu ihr. *Aber du hast ein reines Herz und eine gerechte Sache. Wenn jemand sie meistern kann, ohne verzehrt zu werden, dann du.*

Sie klang wie Liu... die Tränen brannten wieder in ihren Augen, und sie biss die Zähne gegen den Schmerz zusammen. Die Qual beiseite schiebend, griff sie nach dem Umhang. Sobald ihre Finger ihn berührten, weiteten sich ihre Augen. Der Umhang schien unter ihrer Berührung lebendig zu sein, sein tintenschwarzer Stoff wogte.

Er ist erschreckend, sagte sie.

Nimm ihn.

Kai hob ihn vom Podest. Das Gewicht überraschte sie. Es fühlte sich gleichzeitig unmöglich leicht und unermesslich schwer an. Mit einer fließenden Bewegung schwang sie den Umhang um ihre Schultern und zog ihn nah an sich. In dem Moment, als er sich auf ihr niederließ, begann die Welt zu verschieben und zu verschwimmen. Dunkelheit wirbelte an den Rändern ihres Sichtfeldes, und sie spürte ein eigenartiges Gefühl, gleichzeitig anwesend und woanders zu sein.

Wohin bist du verschwunden? Hikaris Stimme klang fern, wie unter Wasser.

Kai kämpfte damit, sich zu konzentrieren, ihre Wahrnehmung wechselte ständig zwischen der physischen Welt und etwas...

anderem. Schatten tanzten um sie herum, flüsterten Geheimnisse von uralter Macht und vergessenen Reichen. Sie konnte spüren, wie sich das Gefüge der Realität um sie herum bog und verzerrte.

Hikari, kannst du mich hören? Es ist überwältigend. Ich kann alles sehen. Die Schatten, sie sind lebendig. Und ich kann mich durch sie bewegen, eins mit ihnen werden.

Während sie sprach, fühlte sie, wie sie zwischen den Reichen glitt, ihr Körper tauchte in die Sichtbarkeit ein und aus. Die Grenzen, wo Licht und Dunkelheit, Physisches und Ätherisches verschwammen zur Bedeutungslosigkeit. Sie war überall und nirgendwo, ein Wesen aus Schatten und Substanz.

Diese Macht ist mehr, als ich mir hätte vorstellen können.

Kontrolliere sie, sagte Hikari, Furcht und Ehrfurcht mischten sich durch die Verbindung mit ihren Worten. *Du musst sie kontrollieren.*

Mit einer monumentalen Willensanstrengung zwang sich Kai, sich zu verfestigen und verankerte sich fest im physischen Reich. Sie richtete ihre Schultern auf, und der Umhang kräuselte sich um sie wie lebendige Dunkelheit. Sie blickte auf Lius Körper. Der Schmerz war immer noch in ihr, aber er war jetzt fern, als ob viele Jahre seit seinem Tod vergangen wären.

»Du verdienst einen besseren Ruheplatz als diesen«, sagte sie sanft.

Kai hob seinen Körper hoch und wiegte ihn in ihren Armen. Sie dachte, er würde schwerer sein, aber vielleicht war sie stärker geworden, als ihr bewusst war. Mit der Kraft des Umhangs glitt sie ins Schattenreich und ging durch die Wände, verließ den Tempel. Sie verfestigte sich und blinzelte gegen das grelle Sonnenlicht. Hikari betrachtete sie einen Moment lang neugierig.

Wir werden ihn in Tatenagawa begraben, sagte Kai.

Der Drache senkte seinen Körper, damit Kai auf seinen Rücken klettern konnte, und während sie Lius Körper weiter festhielt, hievte sich Kai hinauf, jeder Muskel zitterte. Sie richtete sich ein, und Hikari schoss in den Himmel. Der Wind peitschte um sie herum, aber Kai hielt eine Hand fest um Liu geschlungen und die andere hielt sich an Hikaris Schuppen fest.

Woher wusstest du, womit ich dort drinnen konfrontiert wurde? fragte Kai.

Wir sind als eins verbunden. Es gab Momente, in denen ich durch deine Augen sehen und hören konnte, was du gehört hast.

Hast du mir bei einer der Prüfungen geholfen?

Nein, sagte Hikari feierlich. *Ich wollte, aber sie haben es mir verboten.*

Wer?

Die Wächter.

Kai saß schweigend da, ihre Augen verfolgten die Formen von Hikaris Schuppen, während sie sich in ihren Gedanken verlor. Liu war gestorben, um sie zu retten, und sie würde das nie vergessen. Mit dem Herz und jetzt dem Umhang würde sie alles Notwendige tun, um dem Drakka ein Ende zu setzen.

Die nächsten zwei Tage schienen eine Ewigkeit zu dauern, aber schließlich wurde Tatenagawa in der Ferne sichtbar, der Tempel erhob sich wie eine dunkle Wache am Horizont. Kai war erleichtert, ihn zu sehen, aber sie bemerkte Rauch, der träge in die Luft kräuselte, aus einem der kleineren Innenhöfe.

Hikari brüllte und schlug mit den Flügeln härter. Selbst aus dieser Entfernung wusste Kai, dass der Drakka zurückgekehrt war. Sie betete zu ihren Vorfahren, dass Kokoro in

Sicherheit sei, aber etwas tief in ihr sagte ihr, dass die Ältere in Schwierigkeiten steckte.

Als Hikari tiefer flog, konnte Kai zerschmetterte Statuen und zersplitterte Tore sehen. Das Tempelgelände wimmelte von Drakka, und es gab kein Anzeichen von Kokoro.

Spürst du sie?

Sie lebt, aber sie haben sie gefangen genommen. Sie sagt, deine Schwester ist hier.

16

Kais Herz setzte einen Schlag aus. Akuhara war hier? Wut und Unglaube kämpften in ihr, während Hikari mit dem Sinkflug begann.

Lande abseits des Tempels, sagte Kai.

Hikari kam der Bitte nach und brachte sie in der Nähe des Flusses zu Boden. Sie landeten mit einem dumpfen Aufprall, und Kai rutschte von Hikaris Rücken, wobei ihre Knie unter dem Gewicht von Lius Körper kurz nachgaben. Er schien jetzt schwerer zu sein, und seine Gliedmaßen waren in seltsamen Winkeln erstarrt. Behutsam legte sie ihn auf das Gras und strich ihm eine Haarsträhne aus dem Gesicht.

Bleib hier. Ich werde Kokoro finden und zurückkehren.

Hikari grummelte missbilligend. *Ich komme mit dir.*

Nein. Ich kann den Umhang nutzen, um ungesehen hineinzukommen, aber die Drakka würden dich leicht entdecken. Ich bin so schnell wie möglich zurück.

Sie starrten einander einen Moment lang an, bevor Hikari ihre Schnauze gegen Kais Brust stupste.

Wenn dir etwas zustößt, werde ich alles in meinem Weg zerstören.

Bei den Worten des Drachen stiegen Kai ungewollt Tränen in die Augen. Sie hatte noch nie eine so tiefe Liebe empfunden wie die, die sie mit dem Drachen teilte. Die Tränen wegblinzelnd, rieb sie über die Schuppen an Hikaris Schnauze und wandte sich dem Tempel zu.

Rauch hing an den Dachtraufen des Gebäudes und kräuselte sich wie eine Schlange in den Himmel. Das einst heilige Gelände war nun durch die Anwesenheit der Drakka entweiht. Kai ballte ihre Hände zu Fäusten, während der Umhang um sie herum wogte, auf ihren aufsteigenden Zorn reagierend. Der Tempel war kaum wiederzuerkennen und glich mehr einem Schlachtfeld als einem Ort des Friedens.

Kai zog den Umhang enger um sich und verschwand aus dem Blickfeld, glitt in die Schatten hinein. Ihr Körper verschmolz mit der Dunkelheit, eine Empfindung, die sie kurz verwirrte. Der Umhang schien sie zu führen, und sie bewegte sich durch die Ruinen wie ein Geist, ihre Gestalt zwischen den Reichen wechselnd.

Sie fand Kokoro im Herzen des Tempels. Ihre Handgelenke waren mit einer schweren, schimmernden Schnur gefesselt, die mit dunkler Energie pulsierte. Ihr Gesicht war bleich, ihre Augen halb geschlossen.

»Kokoro«, flüsterte Kai und materialisierte sich neben ihr.

Die Augen der Älteren flatterten auf, Erkenntnis huschte über ihr Gesicht. »Du hast es gefunden.«

»Ja. Was ist hier passiert?«

»Ich habe versucht, sie abzuwehren, aber sie sind zu stark. Deine Schwester...«

»Wo ist sie?«

Bevor Kokoro antworten konnte, hallte ein langsames, bedächtiges Klatschen durch die Kammer. Kai wirbelte herum, ihr Herz raste.

Dort, am anderen Ende des Raumes, stand Akuhara.

»Kleine Schwester! Bist du gekommen, um mir deine Treue zu schwören?«

Kai zog ihr Schwert und starrte die Frau finster an. Sie mochten das gleiche Blut teilen, aber Akuhara war keine Schwester für sie. Sie trug die gleichen dunklen Roben wie in Ikje. Hinter ihr standen zwei massige Drakka, ihre Augen voller Bosheit.

»Was machst du hier?«

»Ich beseitige den Schmutz«, sagte Akuhara und warf einen Blick hinter sich auf Kokoro, ihre Oberlippe kräuselte sich vor Verachtung.

»Ich werde nicht zulassen, dass du ihr schadest.«

Akuhara lachte dunkel, ein Klang, der Kai einen Schauer über den Rücken jagte. »Was hast du vor? Wenn du mir im Weg stehst, wirst du sterben.«

»Warum hilfst du ihnen? Sie wollen nichts als Zerstörung.«

»Du bist eine Närrin. Unsere Mutter hat dich verwöhnt und schwach gemacht. Ich helfe ihnen nicht, ich führe sie an. Und unter meiner Leitung werden sie die Ordnung der Dinge verändern. Das Imperium wird zerfallen, und an seine Stelle wird etwas Neues treten, etwas Besseres. Du kannst ein Teil davon sein... wenn du das Knie beugst. Schwöre mir deine Treue.«

»Ich werde mich dir niemals beugen«, sagte Kai. »Niemals.«

»Dann hast du den Tod gewählt.«

Akuhara zog ihre Klinge, ein gekrümmtes Katana, das glänzte, als wäre es aus Silber geschmiedet. Die beiden Frauen umkreisten einander, die Luft zwischen ihnen so gespannt wie eine Bogensehne. Sie stürmten gleichzeitig aufeinander zu, das Aufeinandertreffen von Stahl erklang wie ein angeschlagener Gong.

Kai biss die Zähne zusammen und ließ ihre Klinge in einem Funkenschauer an Akuharas entlanggleiten, stemmte sich mit einem Grunzen dagegen. Ihre Schwester lächelte, wirbelte davon und ließ ihr Handgelenk schnellen. Dunkle Energiefäden spiralten von ihren Fingerspitzen auf Kais Gesicht zu. Ohne zu zögern hob Kai ihre Klinge und blockte sie ab. Ihr Schwert entzündete sich mit einem strahlend orangefarbenen Licht und verschlang die Fäden.

Akuhara zischte und entfesselte einen weiteren Zauber. Kai sprang gerade noch rechtzeitig zurück. Der Boden, auf dem sie gestanden hatte, explodierte in einem Schauer schwarzer Energie, zackige Risse breiteten sich über den Tempelboden aus. Kai konnte spüren, wie durch die Verbindung etwas floss, eine uralte Weisheit längst vergangener Ältester. Sie streckte ihre Hand aus, und Flammen züngelten um ihren Arm empor. Mit einem Ruck ihres Arms schoss das Feuer in einer lodernden Sichel durch die Luft.

Akuhara wich zur Seite aus und beschwor einen magischen Schild, der das Gröbste abfing. Was davon übrig blieb, setzte seinen Weg fort und traf die Wand neben einem der Drakka. Der Koloss rührte sich nicht, außer um zu knurren. Kai verkürzte die Distanz, ihr Schwert ein Schleier aus Bewegung. Sie ließ es in einem Bogen niedersausen und zielte auf Akuharas ungeschützte Seite.

Die Frau verdrehte ihren Körper im letzten Moment, parierte den Schlag und sandte dann einen Stoß dunkler Magie aus, der Kai rückwärts schleuderte, wobei ihre Stiefel über die gesprungenen Fliesen rutschten. Sie zuckte zusammen, ihre Muskeln schmerzten von dem Aufprall, aber sie fand ihre Haltung wieder. Aus ihrer Verbindung schöpfend, kanalisierte Kai die Kraft in einen schützenden Feuerring um sich herum.

In einem verschwommenen Bewegungsablauf stürmte Akuhara nach vorne, ihre dunkle Magie erstickte die Flammen, als sie die Barriere durchquerte, und stieß ihr Schwert auf Kais Bauch. Kai parierte den Schlag, doch Akuhara änderte plötzlich die Richtung, ihre Klinge kam Kais Kehle gefährlich nahe.

Kai lehnte sich so weit zurück, dass sie fast umgefallen wäre, aber es gelang ihr, das Gleichgewicht zu halten und nicht getroffen zu werden. Sie konnte spüren, wie ihr Schwert nach dem Blut der Drakka lechzte, und der Umhang wollte, dass sie sich dem Schattenreich unterwarf. Es war fast zu viel.

Hikaris Präsenz erfüllte ihren Geist und gab ihr neue Kraft. Sie schob das ablenkende Flüstern ihrer Waffen beiseite und schrie. Flammen umhüllten erneut ihr Schwert. Sie attackierte Akuhara unerbittlich, drängte sie mit jedem Schlag zurück, ihre feurige Klinge hinterließ Spuren versengter Luft in ihrem Kielwasser.

Ihre Schwester knurrte, Frustration verzerrte ihr Gesicht. Mit einer Handbewegung beschwor sie eine Kuppel aus wirbelnder schwarzer Energie. Sie dehnte sich nach außen aus und zwang Kai zum Zurückweichen, während die Kuppel sich wand und drehte.

Kai verengte ihre Augen und umklammerte ihr Schwert fester. Sie holte tief Luft und sammelte sich. Dann konzentrierte sie mit einem scharfen

Ausatmen die Flammen auf die Spitze ihres Schwertes. In einer fließenden Bewegung stürzte sie vor, ihr Schwert schnitt wie ein Komet durch die Luft. Die Flammen brüllten auf, ein konzentrierter Feuerstrahl, der Akuharas Kuppel durchbohrte und sie zerschmetterte.

Die Kraft schwappte durch die Luft, schleuderte die beiden Drakka gegen die Tempelwände und sprengte ein Loch nach draußen. Trümmer aus Stein und Holz flogen in alle Richtungen. Kai setzte nach, hieb und stach auf Akuhara ein, drängte sie zu einem Rückzug, der sie ins Freie führte. Akuhara stolperte und fiel flach auf den Rücken. Kai stand über ihr, löschte die Flammen von ihrem Schwert und presste die Spitze ihrer Klinge gegen die Kehle ihrer Schwester.

»Es ist vorbei«, keuchte Kai.

Akuharas Lippen kräuselten sich zu einem spöttischen Lächeln. »Du hast bereits verloren und weißt es nicht einmal.«

Ein Brüllen spaltete den Himmel, und Kai riss ihren Kopf zum Himmel. Eine massive Gestalt stürzte auf den Hof zu. Es war der graue Drache aus Ikje, derjenige, der mit Akuhara verbunden war. Der Drache landete mit einem Geräusch, als würde ein Berg zerbersten, und die Schockwelle ließ Kai taumeln.

Ich komme! rief Hikari.

Drakka strömten um die Masse des Drachen herum und eilten ihrem Anführer zu Hilfe. Akuhara rollte sich weg, und eine Welle intensiver Hitze überspülte Kai, als der graue Drache seine Flammen entfesselte. Ihr erster Instinkt war, in das Schattenreich zu fallen, aber das Herz der Flamme rief nach ihr, beharrlich. Sie gab dem Stein nach, und als die Flammen sie erreichten, teilten sie sich zu beiden Seiten und ließen sie unversehrt.

Akuharas Augen weiteten sich kurz, und Kai fand Befriedigung in ihrer Überraschung. Sie holte das Herz aus ihrer Tasche, umfasste es und griff dann nach dem Griff ihres Schwertes. Mit dem Herzen, dem Umhang und der uralten Magie, die durch die Verbindung floss, fühlte sie sich, als könnte nichts sie aufhalten.

Mit einem Schrei, der nicht nach ihrer Stimme klang, entfesselte Kai alles, was sie aufbieten konnte. Feuer, Erde, Wind, Wasser, Schatten – sie alle vereinigten sich. Der Himmel verdunkelte sich, und der Wind heulte, bog Bäume. Die Erde spaltete sich und hob sich, und aus dem Spalt brach ein Feuersturm hervor, dessen Zungen den

Himmel leckten. Blitze schossen vom Himmel herab und trafen den grauen Drachen wiederholt. Er brüllte vor Wut und Schmerz. Akuhara taumelte zurück und blickte zu ihrem verletzten Drachen.

Drakka stürzten in die Spalte und verbrannten binnen Sekunden zu Asche. Kai wollte, dass alles brannte, und presste mehr Kraft in die Mischung. Der Hof versank in der Nichtigkeit. Dies war die Macht eines wahren Drachenreiters, die Macht der Elemente selbst. Es war die Macht, alles Existierende zu zerstören... aber auch, es zu schützen.

Kai gewann die Kontrolle über sich zurück und stoppte die Magie. Die Winde begannen abzuflauen, und die Flammen gingen zurück. Die Erde schloss sich wieder, hinterließ eine Narbe ähnliche Markierung.

»Rückzug!« schrie Akuhara.

Die verbliebenen Drakka mussten nicht zweimal aufgefordert werden. Sie flohen, ihr Rückzug ein unorganisiertes, chaotisches Durcheinander. Akuhara kletterte auf den Rücken ihres Drachen, und er sprang in die Luft. Seine Schuppen waren an mehreren Stellen geschwärzt, und er schlug ungelenk mit seinen Flügeln.

Akuhara starrte sie hasserfüllt an, dann drehte sich der Drache um und verschwand.

17

Kais Körper schrie nach Ruhe, aber sie ging in den Tempel und kniete neben Kokoro nieder. Die Älteste lebte noch, aber kaum. Ihre Atmung war flach, und sie sah aus, als würde sie schnell dahinscheiden. Hikaris massiger Körper verdunkelte das Licht, als sie ihren Kopf durch die Ruinen der Tempelwand steckte.

»Kokoro, Sie sind jetzt in Sicherheit«, flüsterte Kai, ihre Stimme heiser und zerbrechlich. »Sie sind weg.«

»Sie sind stärker, als ich dachte.«

»Diese Kraft ist mehr, als ich bewältigen kann.«

»Sie werden es lernen«, antwortete Kokoro, jedes Wort eine mühsame Anstrengung. »Sprechen Sie die Eide.«

Kais Stirn runzelte sich verwirrt. »Was?«

»Die... Eide...«

Kai verstand, was sie meinte, und sie blickte zu Hikari. *Kennst du die Worte?*

Sie sind in meinem Blut eingeschrieben.

Kai nickte und wandte sich wieder Kokoro zu. Sie strich rußverschmiertes Haar aus dem Gesicht der Ältesten, ihre Berührung zärtlich, fast ängstlich, als hätte sie Angst, ihr wehzutun. Kokoros Augen fielen zu, und für einen Moment dachte Kai, sie sei gegangen. Kokoro sprach wieder, aber kaum hörbar über einem Flüstern.

»Beeilen Sie sich...«

»Bei der heiligen Flamme und dem uralten Band, das wir teilen, schwöre ich, die Ehre unserer Vorfahren zu wahren, unsere Länder und ihre Menschen mit Mut und Weisheit zu schützen. Mit meinem Drachen als Führer und meiner Stärke verpflichte ich mein Leben dem Schutz unseres Reiches, jetzt und für alle Ewigkeit.«

Bei dem Atem des Feuers und den Himmeln, durch die wir gleiten, schwöre ich, unser uraltes Band zu ehren, unsere Länder und ihre Geschöpfe mit Macht und Anmut zu schützen. Mit meinem Reiter als mein Herz und mein Geist verpflichte ich mein Leben dem Schutz unseres Reiches, jetzt und für alle Ewigkeit.

»Sie... sind nicht... länger... Auserwählt. Sie... sind... Geschworen.«

Ein letzter Atemzug entwich Kokoros Lippen, und sie wurde still. Kai wollte weinen, aber keine Tränen kamen. Es würde eine Zeit dafür geben, das wusste sie, aber nicht jetzt. Sie stand auf, ihre Bewegungen langsam. Die Erschöpfung drohte sie zu überwältigen, aber sie kämpfte dagegen an. Es gab noch eine Sache zu erledigen, bevor sie ruhen konnte. Sie musste ihre Freunde begraben.

Hikari grub zwei tiefe Gräber, und Kai legte Lius Körper in das eine und Kokoros in das andere. Sie starrte sie lange an, ohne zu wissen, was sie sagen sollte. Es gab keine Zeugen außer Hikari, aber es fühlte sich falsch an, nichts zu sagen. Schließlich entschied sie sich für ihre Worte.

»Ihr habt Frieden von dieser Welt gefunden. Ich werde euch in meinem Herzen bewahren, dankbar für die Zeit, die wir geteilt haben. Danke für alles, was ihr mich gelehrt habt.«

Sie nickte Hikari zu, und der Drache füllte die Gräber mit Erde, wobei sie die Erde mit ihren Klauen fest zusammendrückte.

Wohin gehen wir von hier?

Kai richtete ihren Blick zum Horizont, in die Richtung, in die Akuhara geflohen war.

Wir gehen, um dem Ganzen ein Ende zu setzen, ein für alle Mal.

DIE REISE GEHT WEITER MIT VEREIDIGT

Über den Autor

Hallo!

Ich bin ein Fantasy-Autor, der es liebt, über Drachen zu schreiben. Ich habe über 40 Bücher veröffentlicht und habe vor, noch viele weitere zu schreiben.

Ich hoffe, dass Ihnen dieses Buch gefallen hat und danke Ihnen für die Lektüre.

Sie können mir in den sozialen Medien folgen, um direkt mit mir unter https:www.facebook.com/dragonfirepress in Kontakt zu treten.